ETCHED
IN
MOONLIGHT

月かげ

ジェイムズ・スティーヴンズ
阿部大樹＝訳

月かげ

contents

欲　望

欲望

7

一

いつもと違っていた、坐りながら前のめりになって妻に一部始終を話すけれども、その眼か声か、何かが浮ついていた。

彼といえば頭のつくりは標準的、行状はすこし堅苦しいくらいであった。求婚のときも結婚してからもロマンティックだとか歯の浮くようなところはなかった。だから夫がこうも上気しているのをみて、妻は戸惑った。

相槌を打つのは、理路を追いながらではなく、ただ夫が興奮していたからであって、そして女というものは鈍い日常が少しでも変わることをいつも求めているものだし、また吃驚仰天するチャンスを絶えず窺っているからでもあった。

語られた話は以下の通り。


昼食にいく途中、狭い道路を後ろから猛スピードで車が走ってきた。夫の前を歩いていた男性はそれに気づかず、道を渡ろうとしていた。車は死角にある。とっさに腕を伸ばして男性を引きもどす。一瞬おいてクラクションが炸裂し、車は走り去った。

「もし俺がいなかったら」スラング好きの夫、「あんた矢刺しの鶏肉だったよ」

二人は目を合わせる、夫は気のいい笑顔で、男性は驚きと感謝で。

それから一緒にすこし歩いて、拾った命だからと二人で昼食をとることにした。食事が済んでからも向かい合ったままで、延々とシガレットをのみながら話し込んだ。妻の思う限り、一〇分前に知り合った人間同士がやるようなことではない。席を立つとき、夫はまた明日も会えるといいですねと言い、男性は黙したまま笑顔だった。

良いとも悪いとも返事があったわけではない。

「きっと、またどこかで会えると思うんだ」夫は言う。

会話、件の男性と交わされたものが彼を上気させていた、まるでそれまでずっと迷っていて、とるべき道がやっと分かって、はやく順路に戻りたい、そんな気配だった。

端的には、夫のいう通り、それは宗教的体験に近いものだった。しかし理知的でありながら酔いか痺れのようで、それまでの情緒ばかりの宗教とは違っていた。それまでの宗教は、言わないまま、彼が離れようとしていたところであった。

その男性を説明してくれようとする。でも要領を得ず、妻は後になって思い出そうとしても、例の男性が結局、背が高いのか低いのか、太っているのか痩せているのか、髪は黒いのか明るいのかも摑めていないことに気付くのだった。

夫が妻に印象付けられたのは、ただその男性の眼であった。これまで人間の顔面に収まっていたことがないような眼。

いやそれでいながら、夫の訂正が入る、皆とまったく同じ眼。違っているのは、その二つからあの人が何を見ているかだけ。固く熱く静かで強いものが、眼球を視覚のために使っているような。あんな……理解……の目を俺に向けた奴は今までなかった。

「恋してるのね」妻は言って笑った。

それから夫はすこし解説的になったけれど混乱が減じることはなく、妻は未知の無意識、御伽噺のなか自分たちが沈んでいることを知った。


「すべて差しおいて欲しいものはありますかって訊かれたんだ。

「今までされた一番難しい質問だったよ。それから三〇分も考えた、二人で、何が大事か、何が可能か。

「普通のことしか思いつかないよ俺は、まず財産のことだろう、人間は思ってる以上に常套句に支配されてるからな。healthy, wealthy and wise ってやつだ。まずそういうのが頭に浮かぶ。生きるってのは欲しがるってことだ、そうだろう。だから俺はひとまずのところ財産、そう答えた。一つの可能性として。あの人は、そうかもしれませんねって頷いてくれた。でもそう聞いてすぐ、俺は金なんて要らないと気付いた」

「お金はいつだって必要だわ」

「ある意味ではね。でもいつもじゃないよ。よく考えたんだ、俺たちには子供もいない、ささやかな夢だとか希望も、いまある金でとりあえず何とかなるだろう。生活には困ってない。死ぬまで充分やっていける。いま働くのをやめたとしても、万一の話。だから金、購買力は取るに足らずなんだ」

「つまんない話!」妻の呟き。遠い目で今まで買った品々を思いおこす。

「つまんない話だろう」夫も否定しない。

「でも欲しいものなんてなかったんだ。健康も知恵も。人並みで困っちゃいない。俺だけ頭がよくても孤独だ」

「そうね、あなた一人だけってなら、そう」

「ヒントが欲しかった。でも助けてくれないんだ。ただ〈何の背後にも欲望があります、探すのはあなたの欲望です〉って。

「あなただったらどうしますかって訊いたけど、いや、真似したいってわけじゃなくてさ、ただ好奇心で。あの人は、何一つ欲しくないって。声が出なかった。ぞっとするような感じで。でも一番それが満足だと分かって俺もそうなった――」

「あなた、そんな」

「分かったんだ。〈俺はここにいる。四八歳、金はある。脚もよく動く、分相応の脳味噌、でもまったく俺だけのもの、俺だけが完全に独占してるものはなんだ、それでいて手放したくないものは？〉分かったんだ、日々なくなっていくものが何か。秒ごとに失われていくものが何か。俺の四八年間だよ！　この四八歳を俺は死ぬまで生きたい。

「永遠に生きたいわけじゃない、馬鹿だそんなのは、永遠に生きるなんて退屈の呪いだ。いやしかし生きている間は張り合いたい。だから四八歳の、いまの身のままを生きたいんだ」

「止してください」制するように妻が応える「自分のことだけ考えるなんて。あと三年もしたらあたし、あなたより年上になっちゃうじゃない。そんなの高級な願いごとじゃないわ」

「それも考えたよ。でもな、そういうのを気にする年じゃないと思うんだ。気質かもしれないが、感覚的なもの、その類の愉しみにはもう動かされない。これで正しいはずだよ。だからあの人に証人になってくれないかと頼んだ」

「その方はなんて仰ったの?」

「なにも。頷いただけ。それから別の話題になって——宗教、人生、死、精神。ばらばらだけど、芯があったな。すっかり満足したよ、今日は。不思議だ、昨日とはまるで別人になったみたいだ」

夫婦は、ふと我に返って声をあげて笑った。

「おかしな人ね。でもあたしもだわ。こんな話、誰かに聞かれたら変に思われちゃう」

ゆったりと夫は応えて、そして軽い夕食のあと二人は床についた。

二

その晩、妻は夢をみた。北極海に向かう船、なにか遠征らしい。船が出航する。

気になるのはただ、旅行鞄と、北極海に備えて持ってきた品々のこと。

毛織の長靴下を穿いている。内起毛の羊皮のブーツ。皺ひとつなく。毛皮の帽子を深くして外套を重ねている。その下はファーで袋のように膨らんでいる。寝袋もある。なかなかの荷物だ。

周りの遠征隊員も、中身はそれぞれだが大きな荷物を抱えている。

船に乗っている者同士では、防寒具がいつも話題になった。世間話は、船上で幾日、幾週が過ぎても、暖かい恰好をするのが大事だというところに落ち着く。

ある日、いつもより僅かに寒かった。いい帽子をだして、織物をかけて暖かくしようと思った。けれどもそうしなかった。船の、ほかの皆が、慣れなくちゃいけないよと教えたから。冷たさの感触に慣れるようにと。後々もっと寒くなるからと念を押されるのであった。

ありがたいアドバイスだと受け入れて、耐えられるまで耐えてみようと、なにも重ね着をしなかった。少したって寒さが厳しくなっても、それほど辛くない気がした。

しかし船の進むごとに、大気は冷たくなっていく。

もう野生の海域に、氷山の翡翠色のなか進んでいるのであった。飛沫をあげては巨塊が姿を隠し、また現れた。船は灰色の海をふたつに裂き、しうーっしうーっと波が氷に弾かれる音。

両手が冷えて、腋の下に差し挟む。足はもっと冷たい。痛いほどに。たとえ反対されても、明日にはきっと冬用の防寒具を出してこようと誓った。

「もう充分さむいわ。厚下着も、ブーツも、毛糸の手袋も、明日になったらきっと着けましょう」

暗くなって、寝台に向かった。切れそうな冷気のなか横になる。

朝、さらに寒くなっている。目を覚ますとすぐに棚にだしておいた防寒具に目をやる。しかし置いたところに無い。いつもの服しか見当たらない。仕方なく、そのまま甲板にでる。

船壁から見下ろすと、世界の変わっていることを知った。視野すべてが氷の平面だった。白ではなく重い灰色。空がその上に、同じ重さでかかっている。

氷の荒野に刺すような風が吹き、耳を凍らせる。甲板上に動くものはなく、氷上の乾いた無音状態は、船体までも覆っていた。

反対側に移って見下ろすと、乗組員はみな下船している。彼女のことを奇妙なものみたいに遠くから見上げている。凍った空気、凍った船と等しく無言のまま。動かず、音も出さずにこちらを見ている。

彼らは全員、羽毛の防寒具に包まれている。立ち尽くしていると静脈に冷水が流れるようだった。

船員が一人、手袋で丸くなった手に衣類の束をつかんで、そこを離れようとする。その束が、自分の防寒着であると気付いて彼女は平静でいられなかった。巻きスカートも耳付き帽子も手袋もそこに縛られている。


縄梯子が垂れていて、そこから降りようとする。肺は凍って鉄ほどに硬かった。縄は硝子片ほどに手に喰い込んだ。女は船壁を這うように降りた。

降りた途端、皆がこちらに背を向けて走りだした。やはり無言のまま、一目散に。戦慄のなか取り残されそうになる。止まりかけた心臓を絞りおこして、彼らを追う。数歩ごとに転んだ。氷上を走れるような靴ではなかった。そして転ぶたびに怪異たちは振り返り、こちらを見やって、そして衣服を摑んだ大男はグロテスクな踊りをした。

それでも追いかけた。また転んで、氷に打ちつけられても、立ち上がって走った。脚が攣って息もできなくなる。もう彼らは立ち止まらなかった。

船員たちは逃げていく。限りなく加速し、狂人のように。気づくと、雪原のなかでもう黒い点みたいに小さくなっている。そして消えてしまった。彼女が振り返っても、もと来た道には何もなく、ただ白い。怖ろしい静寂と、冷たさ。


冷たさ！

音のしない風があたり、それは剃刀だった。

顔を裂き、足首を鞭のように叩いた。腋に短剣のように刺さった。

「冷たい」女は言った。

振り返っても、やはり船はなく、どう走ってきたかも分からない。分からないまま、戻ろうとして闇雲に走った。船に戻るため走った。百歩すすむごと、「こっちじゃない」と叫んで、逆方向に走り出した。どれだけ走っても体は熱くならず、ますます冷たくなった。転ぶたび刃金色の氷面に、珐瑯の固さで打たれた。そして辿り着いたのは崖の淵だった。自分の喘鳴だけ聞こえた。

「死ぬ」女は言った、「ここで眠ってしまって、きっと死ぬ」

そこで夢から醒めた。目を、寝室の窓に向ける。夜更と夜明が、食屍鬼と幽霊のように競っていたが、曖昧なものは灰色の窓硝子に映らないはずだった。すべて夢だったことを神に感謝した。

数秒して、自分の体がまだ冷たいことに気付く。寝具を搔きよせる。夫に、「冷えるわね」と呟いた。

寝返りを打って、暖を求めて夫に抱きつく。そして冷気の正体を知った。夫は冷たかった。

叫んで、妻は飛びのく。電灯を点けて、近づく――

夫は死んでいた。石のように冷たく。妻は震えている。

飢　餓

一

まったく容赦なく、悲運は襲いかかってくる。怒濤のように、破壊の限りを尽くし、救いも希望もなく宿命であったかのように思わせる。

この女もそれを確認したところだった。客人が帰っていくのを、人生が過去になっていくのを見送りながら、人生に鍵がかかるのを眺めながら、人生が砕けていくのを、もうそれについて何も言えなくなるのを感じながら、もう誰のせいにもできないと堪えながら、悲運が容赦ないものであることを女は確認した。

結婚して十年、子供が三人いた。そのうちの一人は、まだ小さい頃に転落事故があって、背骨を痛めたために衛生医から数年間は歩かせないようにと言われていた。

女は子供三人ともを愛していたけれども、特にこの第一子を深く愛していた。他の二人よりも手がかかったから。手がかかるどころか、すべてを代わりにやってやる必要があった。それを厭うこともなかった。一番先に生まれた子であり、ずっと一緒にいた。他の子たちが泣き叫んで、泣きねだって、ごまかされたり忘れられたりしている間にも、長男坊は女の眼であるみたいに、意識の片割れであるみたいに密着していた。意識の片割れとして、女はそこに語りかけ、返事をもらった。行き違いなどあるはずがなかった。

夫は塗装職人で、仕事さえあれば稼ぎは悪くない。週に三十五シリングもらってきたこともある。

しかし仕事があるのは夏の間だけだ。天気が悪くなれば仕事はなくなる。冬にペンキを塗ってもらおうなんて物好きはいない。結局のところ、五ヶ月間で稼いだ金をたっぷり薄めて残りの七ヶ月に充てることになる。

夏場の五ヶ月だって、満ち足りているわけでは勿論ない。一週間、二週間と仕事のない日があったりもするし、そういうときにも付き合いはあるわけだから、それには金がかかる。喉から手が出るほど欲しいものを、まるで喜んでそうしているかのように、手放さなくてはならない。

二

稼いだ金をどれだけ薄くのばして使っても、週の終わりにはほとんど何も残らない。入ってきた収入をたっぷり薄めるのは女の仕事で、どうやって薄めるかという難問で女の脳味噌はいつも使い尽くされていた。

帳尻を合わせようとしても合わず、無理に合わせようとすれば飢えるしかなかった。

たった一日、食べ物の心配をせずに過ごすことさえ、もう何年間も叶わなかった。けれども人生とは大部分が慣習によるものである。女も、その夫も、あるいは子供たちさえ、何も文句を言わなかった。もはやそれが日常だった。彼らに至っては、生まれた瞬間からその状態しか知らないのだ。

飢餓で死ぬことはないだろう、もう空腹は骨の髄まで染み込んでいたから。今では生きることそれ自体が飢餓であった。唯一無二の飢餓。たまに目に映る食料は雑音である。

働きにさえ行ければ、どれほど楽になるだろう！　どれだけ楽しいだろう！　労働の甘い香り！　どんな仕事だって喜んで！　銅貨を数枚もらえるだけでも構わない。しかし、子供達はどうしろと言うのか。三人も。どれもまだ幼く、しかも一人は障害児。

女の親類は、夫の親類もそうだ、みな遠くに暮らしている。子供の面倒はみてくれないだろう。隣人にも頼れない。まるで子供達に縛られているようだった、鎖で。考えるだけ無駄だ、もうこれまで考え尽くしたこと。悩み事は他にも沢山ある、これ以上は増やしたくなかった。

小さい頃には笑い話だった御伽話を思い出した。子供を養うため、仕事に行くために、二人の子供を木箱に入れてから出社する女。木箱に入れておけば、少なくとも死ぬことはないだろう、と。

実際、いいアイディアだった。ある日、帰ってくると子供達は傴僂になっていた。そしてそのまま発育停止した。きっと死んでしまう方がよほど安らかだっただろう。結局、その後に母親が歳をとって死ぬと、二人の奇形児は施設行き。そして罵詈雑言と中傷を浴びながら残りの一生を過ごした。

逃げ道はなかった。夫は、もう随分前に考えることを諦めていた。女はまだ、辛うじて、考えることを止めていなかったが、いずれにせよ逃げ道のないことを理解していた。

三

夫は陽気な男だった。船がやってくれば転がり込んでくるという、五穀豊穣の恵みについて並べたてたりして（その船というのが一体何であるのか、男が説明することはなかったし、本当にそれを信じているのかも不明だった）、女も子供達もそのリストから漏れているものをお互いに言い合って遊んだ。名前の知れている食材は何一つ、自分たちの未来から除外したくなかったから。

夫は大柄だった。ありさえすれば、山ほど食べるはずだった。妻に誘いかけるように、暴れまわって何もかも滅茶苦茶に丸呑みしたいと呟くこともあった。けれども妻に諭されて、完全な飢餓の一日を過ごすより、いつもの半飢餓の一日を送ろうと思い直すのだった。

夫婦の間で話題になることといえば食料のことくらいで、それ以外に諍いはなかった。いつも夫が、もうしばらく様子を見よう、と言って収まるのだった。

女は時々、もしも夫が給料日に見境なく大食いしてしまったらどうしようと、背筋を凍らせた。そうしたら半クラウンほども消えてしまう。それでもやっと小腹が満たされるくらいだろうか。本当に満腹になろうとしたら、その倍かかっても足りない。本当は、樽みたいに一杯になりたいのだ。クレーンでも釣り上げられないくらい重く、ぱんぱんに満たされたい。

けれども彼は信頼できる男で、女も、子供達がいる限り夫が狂うことはないだろうと信じていた。男は家族を心から愛している。女も、もし自分の体を薄切りにして夫に食べさせてやれるものなら、いつでもこの身を一切れでも二切れでも差し出すのにと思っていた。女もまた夫を心から愛していた。

四

暖かくなってきた頃、男はちょっとした切り傷をつくってしまった。ちょっとした傷であったはずが、少しずつ化膿して、かなり悪化した。要するに栄養不良であり、指先まで清潔な血液を送り届けられなかったからだが、そうしているうちに三週間、職にあぶれてしまった。一体誰が、腕をボールみたいに腫らした男に仕事を頼むだろうか？

しばらくして傷は治ったのだが、この三週間が、女を殺しかけた。

痩せていた一家は、ほとんど骨になった。

飢え渇き求めることを、抗い難く強いられるのだ！　塵屑の世界を、濾し器にかけて女はその一抹を啜りとろうとする。擦りだした滓で家族を養おうとする、けれども鼠さえ呆れるほどの栄養しかない。

女には物乞いする体力もなかった。二人の子供を路上に行かせると、たまに一ペニー銅貨を恵んでもらえた。腹をすかせた烏のように叫声をあげて、兄弟は収穫物を喜ぶ。そして一ペニーをもって、足を引きずって帰途についた。恵んでもらえた日は、太陽はまだ明るい。けれども恵んでもらえなかった日は、太陽は泡立ったヤニみたいで、唾を吐くみたいで、暗かった。

夫がまた仕事に行って、帰ってきた。もう少しだけ持ちこたえられれば、数ヶ月前の状態には戻れる。かつての窮乏さえ今では、とても手の届かない大変な贅沢として光り輝いている気がした。

そして女は持ちこたえた。辛うじて、以前の貧しい日々に戻った。長らく待ち望んだ、不徹底な飢餓に。慣れ親しんだ不衛生は、家族の言葉ではまずまずの衛生状態とされていて、むしろ健康的とさえ認識されていた。

例の三週間から、この状態に戻るまでに一年はかかった。来月や再来月のことは依然として分からないけれども。冬がやってくる。収入のなかった三週間を埋め合わせるには、三週間分以上の金が必要だった。今日の生活費に加えて、つけ払いしていたパン屋、雑貨店にも支払いがある。そのために収入をさらに倍に薄めた。

この家族が引いた籤は、誰からも羨ましいと思われなかった。この境遇を羨むものがあるとすれば、檻に入れられた獣くらいだろうか。獣は自由を、ちょうど私たちが安全と予測可能性を求めるように、求めるものであるから。

五

冬になった――雲雀がいくら抗議しようと、蚯蚓が叫ぼうと、冬はやってくる――、女は心のうちに決意と疑念をもって、これから起きることに正面から向き合おうとした。
何という勇気だろう！　なんと高貴な姿だろう、ほんの一瞬で、あと僅かの痛みによって事切れてしまうというのに！

しかしそんなことは頭にも浮かばない。女にとっては世界は、夫と、三人の子供が全てであった。四人が生きている限り自分も生きていよう、もし四人でなくなったら、自分のことも、他のことも、もう考えても仕方がない。

夏の終わる前には、秋が枯葉を落とす前には、戦いは始まっていた。そして冬がやってくると落ち着かない気分がやってきた。女のもとに、ではない。この四人家族のもとに、でもない。安定など初めから知らないのだから。冬がやってきたのは、年の瀬までに終わらせたい何かのある人々のもとに。ドアを飾り、窓枠を塗り直すことのできる人々のもとに。人々は静かに、しかし断固として金を使う。その間、男と女は、そして三人の子供は、費やされた金銭の狭間に沈んでいく。

一日毎に、どんどんと値段は高くなり、それと同じ速さで品質は下がる。パンも果物も灰色に光っている。肉もそうだ。渡り鳥のように、普段見ない野菜が並ぶ。芋はどこか新世界の食べ物みたいだ。いつもと同じものといえば、雨くらい。その雨もどこか篤実である。

彼らは、他人たちは、切り詰めることができる。ひねり出すことができるのだ。この女にはしかし、もはや一切の余地がない。今の生活からさらに節約できるものなんて何一つない。骨と皮ばかりになって、生命さえ危ないときに、一体何をこれ以上、控えておくことができるだろうか？　パンの一切れを日毎に追わなくてはいけない。消化してしまえば次の消化に備えて、また無慈悲にパンの必要性が迫り上がってくる。そして地代の集金人は月毎に、月のように規則的に迫ってくる。

それでもやりくりした。

女と男は、やりくりした。

仕事の予定は相変わらず、嵐の後の生垣みたいに空疎であった。こちらに一週間、あちらに一週間と空きがあって、しかしそうやって辛うじて、締め付けられた生命を落穂拾いしていた。

文句は言わなかった。落ちると人間は文句を言わなくなる。落ちたことの自覚もできない。もし自覚したとしても、認めることはないだろう。決定的な事実に向き合うことは、丸腰でライオンに向き合うようなものだ。そして認めることは、諦めることである。濯がれてしまうのだ。敗れて、溺れた者として。無名のまま。救命不能。もう生きていない。ただ塵か藁みたいに漂い、ちぎれて、また流されて、あるいは腐り、擦り潰されて忘却される。

終末の地に新たな骨が！　新入りの骨は齧られ、そのうちに、齧る歯のほかは何も動かなくなる。

六

冬になって、例年通りにペンキ塗りの依頼が途絶えた。だから窓掃除もした。港に雇われて、ヘラクレスも悪魔も持ち上げられないような荷物を吊り上げた。歯が、子供達の歯が、ぐらつく両足を鋲打ちしてくれたから。炭鉱でも働いた。煤で黒くなった通路の端で不寝番をした。石炭は燻っていて、悪臭を雨がやっと消した。それでもその次の日から一週間、何も予定がなかった。

夏の収入を薄めて、引き延ばして、さらに冬の少ない賃金を注ぎ足して、子供達が見知らぬ連中からかき集めて来たペニー銅貨もそこに加えて、凍える数ヶ月を生き延びた。一家の誰も、それを記録すべき体験とは思わなかったし、その労苦がいつか豪邸とか勲章によって報われるとも思わなかった。

ただ生きていたのだ。ちょうど私たちが、驚くべきことに、生きているように。もし周りがもう少し楽をしているとしても、それはそれだけのこと。これが五人にとっての生活であった。そしてもっと貧しい連中もいた。

何しろ地代はきちんと払っていたのだから！　地代を払う以上に立派な行いなどあるだろうか！　地代を払っていなかったら、もっと大変な敵連中が押し寄せてくるのだから！

七

春になった。けれども一家の木に若葉はなかった。夏になった。しかし寒いままだった。収穫の予感はなかった。

その夏、新しく家が建つことはなかった。物価が上がり、それに応じて職人を雇うのも大変になった。仲介業者は打つ手がなく、上客たちは様子見をした。戦争と増税の記憶がまだ生々しかったからである。

そして男は仕事を失った。

仕事探しさえほとんど諦めてしまった。家から出て、戻って、出て、また戻ってきた。男と女は、濁った眼でどうしてこうなったかと互いに尋ねているようだった。

そのうち男は、子供達をまったく視界に入れないで一日を過ごす方法を身につけた。一体どうしてそんなことができるか不思議だった。泣く声さえ聞こえないかのように行動するようになった。まるで子供達が不可視の存在であるみたいに！　そのうち子供達は、サーチライトでも使っているみたいに男がやってくるのを察知しながら、男が何も持ってきてくれないことをも察知して、男に視線をやることがなくなった。

一方で女には視線を向けている。自分達をそこに投影しているのだった――女に、女の周りに、女の表面に、女の内部に……。

雌狼であったなら、付きまとう仔たちに悩まされたなら、おそらくは慈悲心からかあるいは他の動機から、噛み殺してしまうことだろう。しかし女には魂が、優しさがあった。いや子供達にも優しかったけれど、もっと大きな、もっと際立った優しさが、自分の選んだ男に対しては振り分けられていた――声にも、動きにもならない優しさが。介在するものは何一つなかった。ぽつんとあった。疑われず、問われることもなく、終わりもなかった。魂によって、魂を通じてだけ、受け止められるか、通じるのだった。そうでなければ全く受け止められることもなく、通じることもなかった。

時々――話をしたいからではなくて、ただ、夫の心を撫でるように――声をかけた。

「今日は何か、いいことがありましたか?」

男は応える。

「あったさ!」

そして腰を下ろして、途切れがちに話しだすのだった。

二人は決して怒らなかった。怒るためには血液が足らなかった。憤るためには、少なくとも腹一杯であるか、あるいは酔っていなくては。

末っ子が死んだ。表面的な死因はともかくとして、根本では空腹のせいだった。女の恐怖が募った。スコットランドの軍需工場で仕事があると聞いて、どうにか旅賃をかき集めて夫を海の向こうに行かせた。

「手紙をください。住むところが決まったら、すぐ」

「そうするよ」

「余裕があれば、すこし送ってください。もしできるなら、今週中に」

「そうする」

そう言って男は出ていった。
女も出ていって物乞いをした。

八

年上の子は椅子に座らせたまま、年下の子は抱いて路上に出た。物乞いをすることは怖かった。見つかれば逮捕されたからである。しかし物乞いしないことも怖かった。飢えで死ぬからである。よく知った、いつもの道！　でも新しい表情を見せてくれる！　なんて残虐な道！

あちらで一ペニー、こちらで一ペニーもらう。それでパンを買った。安い紅茶を買った。そうして何とか、週末まで生きた。男がお金を送ってくれるだろう日まで。

路上で歌おうかとも思った。これまで幾度となく道端で歌う、くすんだ青白い女たちを見てきた。錆びた古い歌を通行人に聞かせて、それで目を引くのだ。しかし恥ずかしかった。いい歌も思いつかなかった。そもそも歌というものを、断片しか知らない。自分の声が目的に適わないことも分かっていた。錆びた蝶番のように悲鳴を上げるだけである。

稼ぎは少なかった。言葉を交わすことさえ難しかった。物乞いもまた交渉の一種には違いない。それも一から学んだ。遠くから一目で乞食と分かれば避けられたし、たまにすれ違えても、通り過ぎた後ろ姿にかける声は震えていた。後頭部か、冷えた肩に投げかける声。

目を背けられる存在になったのだった。近づこうとすると通行人は道路の反対側に渡っていった。

街から排除の視線を感じると、急いでその場を離れた。周りからすれば自分は乞食でしかないのだと思うと、動悸がして目が熱くなった。

時々、男性が歩きながらポケットに手を入れてペニー銅貨を投げてよこした。大股のまま足早に去っていく。

二ペンスをもらう日、六ペンスをもらう日があり、何ももらえない日もあった。

けれどもどうにか週末まで生きることができた。

九

週末になっても手紙は来なかった。

「あした来るのでしょう」

「知らない土地で、ポストの場所も分からないのかもしれない！　神様のお恵みを！」

しかし次の日も手紙は来なかった。その次の日も。その次の日も来なかった。

「あのひと……」

男を疑うことはなかった。男とは長く一緒にいて、そんなことをする人間ではないと知っている。女を見殺しにすることができない男であった、アイルランドを一跨ぎで飛び越えることができないように。

「仕事に就けなかったのかもしれない」

路頭に迷った彼が見えるようだった。腕を失い、声を失い、落ちぶれて、見知らぬ人間の波に呑まれて。右へ左へと揺れながら迷路のなかへ、孤独の眩暈と飢えと絶望に向かって。

あるいは、

「手紙を載せた船が、潜水艦にやられたのかもしれない」

そして一週間が過ぎた。さらに一週間が過ぎた。それでも手紙は来なかった。女は地代を払えなくなった。

子供達を見やる。その向こうに遠く、路頭に迷った男が浮かぶようだった。自分の内側に目を向けても何も浮かばなかった。

女は崩れ落ちた。

隙間なく目を塞がれているようだった。見ようとして何もなく、座って、意識は固まったまま動かず、精神は——もう心と呼べるものはない、飢餓のせいで——精神は一跳ねして止まった。もう一跳ねして、名もない知られることもない動きを、自由のために試みた。何かをやろうとして。澱むことに抗って。無力になること、死ぬことを否定しようとして。そのとき暴力の小さな種火が閃いた、星のように。

行く人々を追いかけた。自分に語りかけながら、

「あの男のポケットは一杯。転べばじゃらじゃら」

「あの男は朝ご飯をたべた、吐きそうなくらい、首までたっぷり。まんまる、ぱんぱん、かちんかちんになって。一トンもありそう」

「この人たち全部のお金の全部をもらったら私はお金持ち」

「この人たちの家を全部もらったら私はお金持ち」

集金人がやってきて、来週までに出て行けと命令した。子供達はパンをちょうだいと泣き、まるで犬のようで、吠えるのを止めない獣のようだった。

十

その頃、救貧院での炊き出しが少しずつ行われるようになっていた。そのうちの一つに流れ着いた。立っていた女性に、哀れな境遇について打ち明けた。とある紳士の住所を教えられて、そこに行くように言われた。追加の食料をもらえる券がそこで受け取れるらしかった。地代を払うための方法も、もしかしたら教えてくれるかもしれないと言われた。

その女性は、きっと女の夫が諸悪の根源だったに違いないと考えた。女性は、非難こそしなかったものの、思ったままにそれを口に出した。よくあることだという風に。女は、相手の言っている意味が分からないまま頷いた。そんなことが果たしてあるのだろうかと思いながら。

言い争いにはならなかった。女は食料をもらえたわけだし、それだったら何を言われようと構わなかった。助言だろうと主義主張であろうと。女はただ受け入れるだけだった。自分の意見なんてものを持ってしまったら、食料を得る機会まで何もかも失ってしまう。

例の紳士の邸宅に女は向かった。子供達に持って帰れるくらいの食料を受け取るために。

家はすこし遠かった。着くと、ドアの前に立っている従者が、ご主人様は事務所の方に出かけておられますと言った。事務所に行くと、外出中ですと言われた。しばらく経ってからまた呼び鈴を押しても駄目で、それを三回繰り返した。三回目には、もうお戻りになりましたと言われた。

もう一度、紳士の邸宅に向かった。雨にずぶ濡れになっていたが、心は遠く遠くに消えていて、脚が重いのは気にならなかった。心がなければ体は問題にならない。

心はどこに行っていたのか？　どこにもない、そういう時もあった。体から、あるいは物質的なもの全てから離れていた。安宿の仮住まいから出て行ったとも言える。あらゆる恐怖からそうやって逃れ、あらゆる辛苦からの避暑地を得て、そうして萎れた記憶から身を引き剝がすのだった。女は生きていたし意志を持っていた。目立たずとも勤勉かつ不屈であろうとする意志。

扉を開けるとき、断片ばかり積み込まれた心は、いつもの部屋に戻って来たのを感じた。よく知った、ここではないはずの部屋。子供達がいて、その声を聞き、あやしている。自分が、もうすぐ帰るからね、ご飯もきっと持って帰るから、と言っている。

子供達は何も食べてない――ずっと？　一年間？　食事って、知ってる？　一人は病気だっていうのに！

帰らなくてはいけない。あまりに長く、留守番させてしまった。しかし帰る前にやらなくてはいけないことがある。

券をもらわなくては。券は食料であり希望であり新しい朝であり休息である。余裕をもたなくては。子供達が安心して眠れるように。どうにか、この右肩下がりに目鼻をつけるために。

　邸宅に着いた。紳士は中にいる。女は自分の境遇を打ち明ける。どれだけ困難な一生であったか、と。

　この紳士もまた、夫がすべて駄目にしたのだろうと想像した。そして、夕刊に一筆書いて真相を突き止めましょうと約束した。妻を捨てた夫に責任を取らせようと思ったのだった。

　ところで券はもらえなかった。女のやってくるまでに尽きていたのだ。ダブリンの街で飢えている人間は少なくなかったから。どこも不景気で、保護を受けるなんて考えたこともなかったような人々が、次々と、扶助を求めるようになっていた。券の代わりに、紳士は女にいくらかの金をやると、明日にはお宅に伺って詳しく聞き取りをしましょうと言った。

　女は急いで家に帰る。帰り道にパンと紅茶を買った。

　家に着くと、障害児が濁った目で振り返る。女は嬉しそうに笑いかける、ほとんど有頂天だ。なぜなら食料があるから。たくさんある。パンが二斤もある。

しかしもう一人の子供は振り向かない。二度と振り向くことはないだろう。死んでいた。飢餓によって死んでいた。

十一

狂ってしまうこともできなかった。まだ一人子供がいて、その子は一人で生きていけなかった。

椅子の上の子に女はパンを与えた。そのあとに自分も口にした。それからもう片方が横たわっている安ベッドに駆け寄った。二つの苦役のどちらも解かれないまま、ただ痛みだけが現れていた。

考えられなかった。ほとんど感じることもできなかった。削られて、歪められて、荒れた。悲運によって弱くされて、義務によって虐められた。生きることは、そして世界は、忙しなさ、無益、終わることのない、先の見えない要求に次ぐ要求であった。

隣人が、止まない呻き声に抗議するため部屋に入ってきた。そして状況を見てとると、部屋の主が流せなかった涙を代わりに流した。この隣室の女もまた貧窮に喘いでおり、涙のほかに差し出せるものがなかった。凡庸な言葉が繰り返されたのは優しさからだった。

この同じ部屋に、例の紳士は翌日やってきた。通された部屋には何もなく犬小屋に等しかった。冴えた眼の小児が一人、棲み家である椅子の上から彼を見つめている。死の欠片が安ベッドの上に、壁際に転がっている。

彼にとって恐ろしい光景だったが、悲運を見ることには慣れていた。動きを止めた物は、また動かされなければならないとも思っていた。障害を取り除かなくてはならないとも考えていた。人生を送る上での障害、それが悪臭ばかりに淀んでしまう前に。

眼球の乾いた、舌の縺れた女から、この紳士は死にともなう直近の困難を取り除いた。地代を払ってやった。当分の生活費を渡した。邸宅か、あるいは事務所で何か下働きさせてやるとも約束した。

十二

紳士は日毎に来るようになった。その度に、女は夫の消息を尋ねる。しかし何もなかった。

五日目に情報が手に入った。どれほどの苦行でも、この情報を女に伝えることに比べれば楽な仕事だった。

けれども伝えた。あの椅子に座って。彼は手で顔を覆っていて、目は隠れていた。唇だけが露わで、その形状によって宣告がなされた。

軍需工場からの報告によれば、同名男性からの求職票が確かにあって、二週間のうちに採用されていた。そして働き始めた翌日、路地で死んでいるのを発見された。市内に住居はなかった。検死によって、飢餓と凍傷のあることを確かめられている。

女は無言で聞いていた。少なくともそう見えた。女は唇を舐めて湿らしたが、言葉は出てこないで、ただ息が漏れて、苦笑しただけだった。

紳士は座ったまま、子を見ている。

「でも、この子を育てなくては。

今日中に、医者を呼んで来てもらいましょう」

彼はそう言い残して出ていく。身体は燃えるようで、凍えるようだった。背中を向けると、両肩に悲運の重さを感じた。

同　級　生

一

私たちは同級生だった。彼のことはよく覚えている。とても優秀で、将来を嘱望されていた。いつも一等賞だった。生活態度も立派だった。運動をやらせても必ず一番だった。賞というものがすべて、まるで彼のためにあるみたいだった。褒められるたび彼は嬉しそうにしていたが、そういうものだと思っているようでもあった。

最初に気づいたのは彼だった。大声で叫んで、帽子を懸命に振っていた。でもそのとき私は路面電車に飛び乗った直後だった。しばらく走って追いかけてくれたが、電車はいつも通りに進み、彼はとうとう追いつけなかった。少しずつ遠くなり、ついには見えなくなった。

飛び降りて久しぶりの握手をしようかとも考えたけれども、あれほど脚の速かった彼だから、追いついてくれるような気がしたのだ。ただ路面電車というのは加速していくものだし、渋滞する車やタクシーも邪魔だった。だから電車の停まったとき、彼の姿はもう見えなかった。私自身、帰宅を急いでもいた。

降りてから、ふと不思議に思った。どうしてあんなに必死になって追いかけてきたのだろう。ほとんど――死にもの狂いに。

「力を振り絞って、っていう感じだったな」

独りで呟いた。

ぎらぎらと眼が灼けているみたいだった！

「おかしな奴だ。そんなに俺とお喋りしたかったのか」

三、四日してまた彼に遭った。そして歩きながらしばらく会話した。気付くと、どちらから誘ったのだったか、近くの宿屋のバーに向かっていた。
そこで何杯か飲んだ。彼の帽子が皺だらけで、コートも擦り切れているのが目についていて、奢ってやった。学校時代の思い出話をしながら、彼は旧友たちの消息を教えてくれた。こちらから誰かの連絡先など口走ると、どれも一つ漏らさず小さな紙片に書き留めていた。

いま何をしているか、どこに住んでいるか、仕事は順調かと訊かれた。最後の質問に答えると、それをまた紙片に書き留めている。

「最近は、記憶力が悪くなるばっかりでな」

彼はいいながら笑った。

しきりに相槌を打っている。

「あぁ、そんなこともあったねぇ！」

そして少しだけ申し訳なさそうにしながら、
「すごく喉が渇くね、今日は。暑いから」
と言った。

特別に暑い日ではなかった。しかし皮膚感覚などというのは人それぞれである。魂がそれぞれ違うように。灼熱が、別の誰かにとっては生温いこともあるだろう。

二

それから彼とはよく顔を合わせるようになった。行き帰りの道などそう変わるものではないし、時刻も同じくらいだろう。仕事帰りに彼と遭遇することが増えたのだった。

そのうち気付くと、例によって道中のやりとりは覚えていないのだが、肘のぶつかるほど狭いバーに二人で並んでいる。彼の帽子はいつまでたっても皺だらけのままだったし、コートも擦り切れたままだったから、やはり私が奢った。

そうと自覚せずに何かを長く続けてしまうことは珍しくない。数杯分の小銭など記憶に残りにくい。それでも、いつかは気になってくる。私がアルコールの合わない体質だったせいもあるだろう。わずかな量を飲んだだけで消化不良を起こしてしまうのだった。

ある日ついに、違う経路で帰ってみようと思いついた。微かな苛立ちを感じつつ、新しい帰り道を歩いた。そしてその日以降、その道をいつも帰るようになった。

それから数週間は顔を合わせずに済んだ。それでもある晩、呼び声に振り返ると彼が走り寄ってきて——本当に、走ってきたのだ——うんざりした。久しぶりだなと挨拶しながら、自分が本当に遠ざけたかったのはアルコールでなくてこの同級生氏だったと自覚した。

彼はどこまでもついてくる。普段より口数が多い。角を曲がるたび、新しい街路が開けるたび、探るように目を走らせている。隣を歩くうち、はっきりした悪意が心のなかに芽生えていた。

「でもこの通りに酒場はないんだよ」と念じた。

別れる直前になって、数日で必ず返すからと言われて半ソブリン金貨を求められた。私は喜んで金貨に別れを告げた。

これで彼とはしばらく離れられるだろうと思った。実際、しばらく会わなかった。

三

しかしそれでも一ヶ月が経つころ、また彼に会った。並んで歩いても口数すくなく、ぎこちない発声ばかりだった。

私の新しい帰宅経路を彼はもう調べ尽くしているようだった。こっちから行けば近道のはず、などと言ってくる。そしてその先にはきまって酒場があるのだ。

結局はその酒場に入ることになる。いまさら腹も立たない。哀しいとも思わなくなった。臨時の支払いといっても大した額ではない。どれほど貧乏くさい占い師でもわざわざ伝えはしないだろう些細な損失。

グラスが空くたび、彼は次の一杯を注文する。ささやかな意思表明のつもりで、私はグラスに手をつけない。

誰だってグラスが空けばもう一杯と注文するものだ。二つのグラスを橋渡しするものが場の会話というものだろう。自分がこうして次の一杯を供給する役に回っているのだから。せめて彼は話題を補給してくれるべきじゃないか。

相手が違っていたら不適切に感じていただろう沈黙を、私は投下していた。そして守勢の敵方は、千言万語によって歩兵大隊を展開していた。

学校時代の話題はもう出尽くしていた。彼は政治も文学も知らず、街のゴシップにも詳しくない。天気の話をしても一分ともたなかった。それでも橋頭堡がどうしても必要だった。それなしには酒の兵站線が絶たれてしまうから。

こうなると人間は自分自身について語り始めるものである。それが残された最後の話題であるから。しかし一度これが始まると、後戻りできなくなって転がるように雄弁になり、遂には何もかも洗いざらい喋ってしまう。

陸上あるいは海上で見舞われた災難。一人で受け止めるしかなかった突然の喪失。どれも作り話のような、しかし聞けば真実と分かるもの。イングランドの果てに流れ着いた。スペインを思わせるアメリカの町にも。言葉にならない完璧な不幸というものがあって、彼は根こぎにされて杖もて追い出されるのだった。

この男が乾いた骨になるまで、その骨が崩れてカチンと音が鳴るまで、話は終わらないように思われた。

「戻ってこられて、よかったな」

そう、良かった。しかし留保付きの、疑念まじりの「良さ」だった。悲運に打ち据えられた痕が背中に覗いていた。

醜いゴブリンは異国でなくて地元にいた。グラスとグラスの合間に透けてその存在が浮かんでいた。彼が同胞を悪くいうことはない、恩給をくれたからだ。けれども恩といえるほどのものだったか。支給は週ごと、一五シリングとは大した額だ、それじゃあ、あれさえ払えないよ、ほら――

「飲み代のことか」

私が言葉の後を継いだ。

「そろそろ行かないと」

硬貨の音に重ねて沈黙を埋めた。そして私は手を振って急いで店を出た。

四

二日経ってまた遭遇した。

握手はしなかった。挨拶といえるようなやり取りもなし。

隣にやってきて、天気についてあれこれと喋っていた。ずいぶん苦労して言葉を並べていたが、聞いていて愉快でなかった。まるで底なしの炭坑から山頂まで引きずり上げてきたみたいな口のきき方だった。

目の前にいるのは同情すべき男だった。身体が暑いような寒いような気がして、その彼に同情し、そしてこうしている自分自身も誰かから同情されるだろうかと思った。足元には石畳があって頭上には明るい軽い雲があった。そしてまた気づくと彼の恥知らずな言動に、青白くなるほど怒り震えているのだ。もはや手ではなく拳になっているものをポケットのなかに抑え込む。それが勝手に飛び出そうとするのを握りしめて爪の食い込むのを感じていた。

道を渡ろうとしたところ、最短経路をとれば酒場の前を通ることになる位置で袖を引かれた。

「そっちは回り道だろう?」

もごもごと彼が言う。

「いいんだ」

一瞬おいて、

「でもいつもはこっちから帰ってるじゃないか」

「今日はこっちから帰る。悪いか」

「こっちって、どっちだい」

「ほっといてくれ」

そう言って、別れを告げた。しかし背を向けて数歩でまた彼は振り返って近づいてきて、半クラウンを貸してくれないかと擦り寄ってくる。あの、その、あれをするため必要だから、と。

金をくれてやって立ち去ることにした。野良犬から逃げたみたいな不快な動悸がした。

それから二日間は会わなかった。それで済むはずないと分かっていた。他のどのような直観にもまして腹立たしい直観であった。

五

朝もまだ早いうちから、家の前で待ち構えていたらしい。駅までついてきて、また半クラウンせがんだ。私は無言のまま歩き、何もやらなかった。

路面電車が近づいてくると彼は要求線を下げて六ペンスでいいからと縋り付いた。無言のまま乗車して私はその場から離れた。憤りに高ぶっていて、運賃をと車掌に言われてやっと我に返った。

夕方、仕事場を出ると、まだ彼が立っていた。丸一日ここで待っていたのか。あるいは舞い戻ってきたところなのかもしれないが。

薄れかけていたものがまた高揚して、以前の倍にもなって、どんな汚い文句でも言い足りない著しい感情となった。もう誰に聞かれても見られても構わなかった。この男の醜く図々しい身勝手な態度を私は罵った。

すぐに彼は喋り始めた。もう恥も外聞もないのだ。もう私にどう思われるかも気にしていない。猫撫で声、脅迫、泣き落としも厭わない。たった一枚の硬貨を絞りとるために。

眼を充血させて息を切らしているこの男はたった数ペンスのために私を殺すことも躊躇しないだろう。何一つの呵責も感じないままやり遂げるはずだ。蛾でも叩くみたいに。そして私も同じように、もう今は何の同情心もなくこの男を殺せると思った。

六ペンスおくれ、と言われた。死んでしまえ、と返す。じゃあ二ペンスを。一ペニーだって嫌だ、地獄に落ちろ。

また縋り付いてくる。

「二ペンス、それだけなら、いいだろ？　お前にとってはなんでもない金だろ？

友達にお願いされたらさ、俺だったら頓着しないぜ。たった二ペンス、二ペンスだ」

振り向きざま、拳で殴りつけた。男の頭部は弾けて、身体ごと後ろによろめいた。道に崩れ落ちると鼻から血が飛んでいた。

体を起こしながら血と土埃に汚れた卑屈な顔でまた繰り返した。

「なぁ、気が済んだだろ？　だから二ペンスを……」

私は背中を向けて走りだした。まるで自分の命が危ういみたいに。追ってくる足音は遠かった。痩せた彼を振り切るのは簡単だった。しかしそれ以来、彼を見かけると私は逃げる。

月　か　げ

一

火のついたパイプを片手に、すこし苛立って彼は言った。

「言葉だ、言葉の中毒になってるんだよ。言葉にして分かった気になってる。それ以上、考えようとしないんだ。夢だってそうだよ。夢の研究書だとか学術書だとか。なんだって文字にして、それで知った気になってる」

そこで止めに入る。僕は科学と実験精神のどちらも愛しているから。

「全部の答えを出そうとしてるわけじゃないよ、科学は。どういう事実があるか探して、分類してるだけだ。事実がたくさん集まれば、新しい疑問が出てきても次の実験に進めるじゃないか」

「ふん、そうかい」

「たしかに事実を集めていくのは簡単じゃない。知れば知るほど分からないことばかり増える。でもいつか完了すると思ったらすごいじゃないか。あらゆる問いが、その問いのなかに答えを備えるようになるんだから」

「そこだよ、問題は。科学者はまだ大して分かってないのに、まるで詐欺みたいな――」

「詐欺じゃない、先を読もうとしてるんだ。記述できるものについてしか議論してないはずだよ。ずいぶん生き急いでるじゃないか、君は。そのギアで何もかも回ってるわけじゃない」

「俺のギアじゃないならな、じゃあ科学とやらが俺に触れることも口をきくこともないね。ぴったりのギアだってあるんだ。夢をみるときには別のギアが入る。いま君に話しかけてるのとは別のギアが」

「そうかい」

「そうだよ。こうして無駄話してるときなんかさ、ちょっとした一瞬、うたた寝するかもしれないだろ。その間に、二十年だか四十年だかの冒険物語があるかもしれない。あっという間に、夢のなかでは何年も過ぎていく。誰だったかが言ってたみたいに」

「デュ・プレルだな」

「まぁ誰でもいいんだ。喋りながら寝るやつだっている。落ちたとおもったら目を覚まして、ああ怖い夢をみた、とかな。瞬きもできないくらいの一瞬に。眠ってるときってのは何かとんでもない力が作用してるんだ。起きてるときには有りえない、一瞬の光みたいな動き、一瞬の光みたいな秩序、一瞬の光みたいな知性が。文学に酔ってるわけじゃないぜ。酒でもない。でも眠ってるとき、たしかに精神は光のスピードで動くんだよ」

　座り直して彼は続けた。

「きのう夢をみたんだ。二十年分、一昼夜を欠かさず順番通りに。鎖みたいに全部つながったまま、きっちり始まりから終わりまで、それも夜が更けてから朝焼けまでの短い間に！」

「夢はいいさ、」僕が堰き止める。「でもどうせ、言葉にすると陳腐になるからとか言うんだろう」

パイプを詰め替えながら、すこし考えていた。煙と思考のどちらも落ち着いたのに満足して、彼はまた始める。

「こんな話の流れだと、何かとんでもない夢みたいに思われそうだな。でもそういうわけじゃない。主人公は俺だ。自我の感覚もあった。でも俺とお前が別人であるみたいに、夢の俺と今の俺は別人だった。別のフィジーク。今は憂鬱で月みたいに色白まん丸の顔だろ。でも夢のなかでは箒そっくりの痩せ型、頬骨は突き出ていて斧のごとし、髪の毛が黒い藁みたいに飛び出していた。性格もまるで違う。まぁ取るに足らない男なんだが、でも不思議に気を惹かれるような男だ」

数秒、なにか点検しているみたいに動きを止めた。それからまた話し出すと、そこからは息継ぎが多くなった。パイプを吸い込む回数も。自己不信に陥りそうになるのを奮い立たせているようでもあった。

「もちろん浪漫主義だと言われればそれまでだ。でもみんなそうじゃないか。犬や猫だってそうだ。動物ならみんな浪漫主義のはずだよ。未来に何が起きるかなんて謎だし、過去だって謎だ。その両極端から引っ張ってくる恐怖も希望も、けっきょともかくとして。

く浪漫の表と裏だろう？　それを人生とか意識とか、なんて名前をつけて呼ぶかは

「いや、」彼は力を込めて言った。

「粗野な町娘からドラゴンの子を救い出そうとか、不老不死の妙薬を作ってやろうとか、そういうのじゃない。生命そのものが浪漫だと言いたいんだ。漕ぎ出そうとする限りすべてが冒険だ。

「まぁとにかく聞いてくれ。きのう夢をみたんだ。そのなかで俺は、なんとか漕ぎ出してみたんだ。なにか倒すとか誰かを救いだすとかはなかったが、まるで生まれつきそう決まっていたみたいに、冒険を始めたんだ。まるで当然のことみたいに、

「夢のなかでも俺は俺だった。肉体も、精神も、気質も、

「でも別の場所にいた。日時は知らない。でも今日じゃないことは確かだ。これまで身につけた立ち居振る舞いも全然ちがっている。なにか別の歴史とか先祖を経てきたみたいに。何語を喋っていたかも憶えてない。連中の名前も知らない。全部、わざわざ考える必要もないくらい当たり前だった。俺とお前は長い付き合いだが――わざわざ名前を呼び合ったりしないだろう？　必要がないからだ。その必要が

なかった。夢のなかでも……

「なぁ、生まれ変わりは信じるか？」

「唐突にそんな大層な質問をされても困るよ」僕は返事した。

「夢の話を続けてくれ」

「あぁ、俺は夢をみた。こんな夢だ」

二

落ち着かず、不安だった。股の下で馬がふと力を抜いたとき、気づくと物思いに耽っていた。考え事がしたかったのではない。ただ気づくと堂々巡りしていたのだ。
「こいつも今日で終わりか」
そして
「俺も今日で終わりか」

それ以上は考えるのを止めた。意思が何か一つでも真実に辿りついたなら、生きることは完遂されるのだ。意思は精神を問いただすことがない以上、もう用済みである。そして意思とは対極的に、思考とは怠惰の一形態である。そして思考は、まさに怠惰に、すぐ手近にあるものへと向かっていった。ただ馬に乗っているだけだ。足音を聞く。毛並みを見る。両脚の間に感じる。

温かい寸胴に跨っているのは気持ちよかった。動物が腰を上下させるのに合わせて腰を上下させるのも心地いい。かるく踵を入れて、首元を叩く。たてがみを揺らして、筋塊が駆けだす。胃が波打つ。すぐに風景が溶けて流れていく。雑草が緑の光を投げかける。無数の穴や窪みがあり、それを避けるように荒れた道が続いている。しかし悪路を知らないわけでもない。辛うじて手入れもされているようだった。

そのうちに道が二手に分かれた。藪におおわれた茨道と、よく手の入った石畳の道。舗装された道を選んでギャロップを続けた。

見回す必要もないくらい、むしろよく知った場所だった。見るべきものはない。何もかも数百回も見たような気がした。雑草と低木と乳牛。

貧しい小屋が見える。石と泥を寄せ集めて天日干しで固めたような粗末な作りだ。

進むほどに小屋が増えていく。犬と子供がやかましく這いだしている。

それも過ぎて大きな広場が現れた。四隅の小塔がどこか閑散とした印象を与えている。塔の頂上には人影がある。

三

手綱を引く。たぎる鼻息を馬が左右に吹きだし、白い湯気は鷲が翼を広げたようだった。石段の向こうには近衛兵が待機している。馬から降りて、正式の客人として石段を一つずつ上がっていく。上りきったところで、振り返り、数分前まで自分が駆けていた草原を見た。

夕刻になっていた。ぼろ布のような雲は薄くなった陽光に照らされて、空に積み上がり、地上には辛うじて知覚される灰色が満ちていた。草原から静けさが迫ってくるようで、それはほとんど物質的な静謐であって、足音と囁く声は遠く、巨大な沈黙のただ表面を搔くだけだった。気配が臓腑を冷やす。透明の誰かが、聞きとれない、それでいて直感されるような何かを呟いたみたいに。それは警告だった。夜が、沈黙が、四肢も精神も動かせない時間がやってくるのだ。

馬から離れると、あの晴れた気分もなくなった。また不機嫌が、熱湯のなかの気泡みたいに湧く。

「あの女なら――今日を選ぶはずだ」

そして意を決した。小石が川の流れのなか占めるべき場所に落ち着いたみたいに。

指で合図して、到着を告げる。

「お待ちしておりました。ご案内いたします」

女は取り巻きに囲まれて座っていた。片膝をついて、その手に接吻する。視線を奪う。女は、いつも変わらず見慣れたものであり、それでいて、いつも心を乱す。殺めたい欲望は、もう一つの――接吻したいという――欲望に敗れたのだった。

立ち上がって数歩下がると、取り巻き連中との会話がまた始まった。

女と自分のいるこの場をつよく意識した、二人を隔てるものはあっても無意味だった。顔を下げて、しかし眼球は上転させて女に向けたまま、この身体があの唇に反射しているのを見た。女も俺のことを気にしている。

　誰かに話しかけている間はまだ、ちらちらと視線が泳ぐだけ、どうにか目を合わせないようにしている。しかし女は、自分が聞く番になると、そうもしていられなくなる。きれいな舌が動きを止めると、意識と身体のどちらとも奪われて、視線がこちらに惹かれている。この粗野な風貌も好都合だ。女の神経の動きまで手に取れるようだった。そうして女を、導き、抱き、いつも俺に、俺に、俺に……。ついに二人の視線が絡んだとき、まるでそれが初めてだったみたいに動揺した。彼女の眼は、小枝の雨滴の瞬きほどに軽く、静かであった。


　しかしその遊戯も、肩を叩く者があって中断される。女の言いかけた言葉は宙に浮いたまま眼はこの眼の奥に飛び込み、そして次には、うるさい周囲の会話にまた消えていった。

　何があったか説明できない。そこにいた人間の名を一つとして思い出せないからだ。でも確かにその時には知っていた。肩を叩いた男のことも分かっていた。どんな風に振り返ればいいのかさえも。視線の高さは等しく、そこに豊かな金髪、碧い瞳、視野の隅には逞しい肩がみえた。

　思うに精悍な彼は、女主人を唯一の例外として、最も恵まれた人間であった。気の置けない二人は部屋を出る。巨大な建物から、原野に。小気味よく歩を進めながら、笑顔を彼と交わした。この魂と瓜二つのものとして、彼を愛した。彼もまた同じように愛してくれた。


　長い、ゆったりした歩みのうちに、暗闇の黒が目に見えるほどになった。残り僅かの光が辛うじて二人を包んでいた。青灰色の空には、もう水平線に隠れた太陽の残滓が二つ、なびいていた。

　擦れる草木と、聞こえるには柔らかすぎる風の音のほかには無音だった。空虚が木々の間をすり抜けていくようで、ただそれでも枝は揺れるのだった。内側にある暴風を、目ざとい連中を恐れて隠しているのだ。それは彼ら自身の不安の陥凹でもあるはずだった。

　ふと、歩くままに振り返った。ここまでの足跡を追った。一瞬、陰りがあった。

ほんの僅かだけ早く彼がやってしまうからだった。振り返るくらいのことでも、それも、考えてそうするのではなくて、ただ自然に。そうでない場合がまるでありえないみたいに。それがまったく当然のことみたいに。

また建物のなか、騒がしいなかの会食に戻った。女は男二人に等しく、快活に話しかける。その他の人々にも。まるでそうしなかったことがこれまで一度もなかったかのようだ。

じっと遠目に女の様子を窺う。見えない耳を、眼球を、指をつかって。女は不慣れな興奮を、尋常でない感触をおぼえているらしい。目が合ってその確信は強くなった。普段と変わらない爽やかな表情は何も起きていないようだが、本当は剝き出しの交わりをこの自分としているようだった。

気付くと、女と近くなっている。それ以上、近寄ってはいけないくらいだった。近すぎて、まだ距離のあることが苦しかった。そして女にとっての苦痛は、自分の身に及んで倍加されるのだった。

彼と二人でテーブルを離れる。

喧噪が遠くなる。少しずつ、大集団が小集団に分かれていって、部屋は一層の轟音に満たされる。皆が一心不乱に喋っている部屋をうろついて、時折あちらこちらに首を突っ込む。聞き耳を立てる。適当な相槌を打ってから立ち去る。

そうしながら常に目の端に、彼と女の二人を置いている。一挙一動を見張っている。何も見逃すまいとして。それでいながら、喧噪にどっぷり浸かって息をひそめている。

女と目が合って、呼ばれたように感じた。刑期半ばに出所するような気分で近づいていく。

大広間を横切りながら好奇の視線に晒された。このとき初めて、人間をそれぞれ隔てている裂溝を見た気がした。非現実感が一抹あり、周囲を見返すと、この目に映ったのはただ不可解なものだった。こちらを凝視する者たちにとっては、見返してくるのはただ二本足で歩く異人である。一歩踏むごとに裂け目が大きくなった。すべて異人は、視線によって知覚されるに違いない。

あと数歩のところで立ち上がって女は言った。

「外に行きましょう」

そして三人で、静かに出ていった。

四

気付くとまた戸外にいた。湿った冷気を吸いこむ。泉から湧いたような冷気。強さとか持続力とか、堅い意志といったものに自分は飢えているみたいだった。

しかし時は来たのだ。いろいろあってと言いながら避けてきたことに決着をつけるときが。もういろいろに黙って従うことの吐き気に耐えられなくなったから。今は意志を手のなかに握りしめている気がした、それが何であるかを知らないけれども――。規律や慣用から外れた人間にとって、意志を示す方法は唯一つである、怒りによってそれを明らかにするしかない。意志とは、初めて経験されるとき、粗暴である。槍か棍棒か、攻撃用武器を手にしているようなものだ。歩いているうちに、やり場のない憤怒が疼きだし、体が震えだした。

荒い衝動がありながら、自分にはただ後ずさることしかできなかった壁を前にして、彼と女は穏やかにしている。

怒りを持つことは初めてではなかった。怒りは、突発的であるほど強烈になり、それだけ行動も激しくなる。怒りの頂点にあるとき、自分自身は、ほとんど受肉して、憤怒の化身となるだろう。しかし彼と女の穏やかである様子を見ていると、取り残されたように感じる。まるで自分一人が真空のなかにいるみたいに。空気がなければ鳥は飛ぶこともできないし息をすることもない。

暮れ時であった。

一日が終わり、太陽はもう無かった。風にかすかに揺れていた高枝も眠そうだ。世界から吐息がなくなって、先ほどまで急いでいた雲も穏やかになって、旅の行き先を考え直している。堂々の月は研磨されて薄くなったみたいで、目を細めれば表面を剝いてしまえるくらい透けている。雲は細切れになった巨体のうちに光と影をたっぷり溜め込んで、その陰には控えめな星の点滅がある。

歩くには充分すぎる明るさだった。星夜の円形は太陽ほどの放射光を注いでいた。

そのうち、燻っていた怒りは収まり、代わりに温い倦怠が現れた。踏み入るべきでなかった領土からずっと、死ぬまでついて回るだろう気だるさ。

そのとき全てを諦めた。そして自覚的にそのことを正当化した。この倦怠に耐えなければいけない理由なんて一つもない、と。もしあるとしても、ここにはない。思考とは、欲望の命じるまま行われているに過ぎない。欲望の旗が倒れたとき思考は疎かになる。この意思もすでに倒れた。ずっと掲げたままだったから。もう疲れてしまったんだ。

あの次から次に湧いてくる連中の無言が重い。そして夜の静謐も、月の白くて大きいことも、その冷たさも重荷だった。連中から話しかけられても穏やかに済ませたかった。それを平和的降伏と呼ぶ者があっても、構うものか。卑怯にも無口を貫くことにした。返事は語彙よりも身振りを使って表した。言葉が不可欠になっても必要最小限だけにした。

女が喋っている。その声は優しく不安がちで、オフィシャルだった。

「わたしたち結婚するの」

返事をしないでやり過ごす。

その情報はかろうじて精神の表面を撫でただけで、矛が盾を掠ったみたいに、ぶすりと刺さることはなかった。ただ地面に文章がひとつ落ちただけである。

「この二人が結婚するのか！」

ああ、でもそれがどうした？　皆いつか結婚する、もしくはその予定だ。自分には関係ない。勝手にすればいい。知ったことじゃない。

濡れた脳は濡れた考えごとをする。だから考えた。くたびれた自分を、どうにかあの群れから分離できないものか。説明するということを終わりにしなければいけない。そうすれば自分の居場所に、いつもの鞍に揺られながら辿りつくことができる。

けれども分かってはいるのだ。例のセンテンスを抜きにして生きていくことはできない。説明して、説明して、また説明するほかない。取り合わなければ、質問が繰り返されるだけだ。向こうが納得する理由をこちらが提供してやるまで。これはとても大切なことなんです、とやられるわけだ。いかに大切なことか、親切に御教授してくれたりもする。

陰気な時間の過ぎていくのが見える、社会的責務だとか愛だとかの形而上学の果てることのない並べ替え。

愛だと！　最後にはいつも、愛が持ちだされる。そして愛が云々と言いながら、一方ではそれを規約にしなければ気が済まないらしい。
それを何度も何度も聞かされる。連中は繰り返しているうちに興奮してくるらしい。記録しておきたいくらいだ、その騒音ごと全てを。

一度や二度のことではない。
周りの連中が周りの連中に対してもっているらしい責務とやらの秘密の一端を、次第に知るようになった。あらゆる党派、主義主張の利害が交錯している。交錯のあまり、どこまで本当に利害があるのかも不明である。その不思議な結果として、彼らが普段なら口にしない愛についての私見を、巡り巡ってこの自分が聞くことになる。いつ終わるとも知れない、まとまらない自分語りを、うつらうつらしながら、そうですね、そうですねと、半分寝ながら、聞く……。

悪意地を向けられるわけではない。むしろ彼らは、まるで姉か兄であるみたいに優しい。しかしそれは、期待、希望、喜びや予想に髪一本ほどの影響もない存在に話しかけているからである。二人組であればコントロールできるものも、そこに第三者が加われば気狂い沙汰になるから。まるで、過剰である人間は、障壁ないし疑問符であって、排除され死ぬべきであるみたいだった。だからこの自分がいるお陰で彼らは互いに手を握る。そして握りあった手は行き先を失い、互いを疑心暗鬼の目で探りあっている。そしてそのうちどうしてか兄弟めいた信頼と仲間意識を向けるのだ。そんなことが繰り返されるたび、悪酔いしたように胸がむかつく。

恋ではないか。

互いに耳打ちしあって、時には大声で叫んだりして。まるで月に届けとでも思っているみたいに、大声で……。手の動きで下劣なものを、肉欲を表して、何もかも忘れようとする。なぜなら彼らは手を握ることも離すこともできないから。

「あいつらは、あいつらの握手を手伝ってほしいのか？　繋いだ手が離れないように、俺に留めておいてほしいのか？　頭二つを紐で括って、いつまでも接吻したままにさせてほしいのか？　あいつらの愛を一頁ごと俺に綴じてほしいのか？」

そして歩き続けた。どうせ終わらない、果てのない質問を気にせずに。決して気遣っているのではない声。ただ自分の快楽の帳尻合わせのために俺に存在していてほしい者たちの声。

五

歩いていればどこかに着いてしまうものだ。そうでなければ行き果ててしまう。三人で語りつつ歩いたが、怪異じみたまま撞着した。景色の変わるまで、既にある世界から、いま踏み締めている世界から離れることはできなそうだった。

その幸運な変化が起きたのだった。目によってしか考えられない三人、目を向けた方向にしか思いがいかない三人の、月を食んで大きくなった不感症ないし恋煩いを変えてくれる景色の変化があった。

無限に拡がっていると思えた草原が、僅かな木々を境にして急に途切れていた。

こちら側はまだ草地だ。しかしあと少し行けば乞食の口髭ほども険しい藪であった。煉瓦の破片に這うように雑木が繁っていた。ぴたりと月は平面で、明かりに藪の野生の美しさが浮かんでいた。土塁の一つひとつが銀色の入射に照らされて凹みの一つひとつが真黒で神秘であった。そしてその奥には、反りかえった、まるで空に挑んでいるみたいな、月光を浴びて真白に光っている古城があった。見張塔の影だけが黒檀色であった。

女は言った。

「城があったなんて。十年もいて知らなかったわ。ここまで歩いたこともなかったから」

そして城に近づいていく。

静寂の積み上がったような巨塊を前にして何かを期待した。扉が開いて、獣が飛び出してくるとか、あるいは、湿った低い叫び声が月に照らされた天井窓から響いてくるようなことを。

風月に曝された城、もう今ではあり得ないような城であった。城壁は十五フィートの厚さであり、これを前にして時の主は半永久に座り込んで、一体どうやってこれほどの塊を擦り減らせるだろうかと笑ったに違いない。

古城より染み出してくる静寂があり、人間がこれほどのものを建てられようかと気圧された。最後の出入りがあってから数世代が経っているはずだ。

木扉は一つだけだった。足音を潜めて近寄る。閉じかかっているが、かろうじて足先を差し入れられるくらいの空隙が残されている。月明かりに浮かぶ深い黒の裂け目。


「入りましょう」

女が言った。

彼は微笑んで、女の手をとった。

彼の耳に口を寄せて、けれども俺の目を見つめたままで、女はまた言った。

「この果てた城の腹のなかで、なにか囁いてあげましょう」

するりと滑り込んでいった。中から、男の腕を引く。彼はこちらに目をやって、それは諦めたようでも、あるいは謝っているようでもあったが、女についていく。木彫りの飾り扉の前で独りになった。

この身の内にも外にも音はなかった。しかし意識されたのは内側である。そこから、予想していた通り、いや期待していた通りに、音が生まれた。静寂によって育つ音。囁きよりも十倍ほども細く、そこにあると知らずには聞き取れない音。

そのとき心臓はまったく突然に鳴りはじめて、まるで大砲の放たれたみたいだった。恐怖の吹き出したとき、繋がれ、離された手の記憶が浮かんだ。目と唇の直上に瞬いた瞳の記憶、優しく揺れて不意に気怠くなる肢体の記憶。

それから虚ろになり、もうイメージも浮かばなくなり、何も見えず、何も聞こえず、何もなかった。ただ一度の奇妙な脈拍が、毛布をかけた鐘みたいに、身体のなかで鳴った。あてもなく両腕を突き出す、扉に触れる。一人分以上の力を込めて扉を引いた。

扉の軋む轟音は大地全体に響くようだった。しかしそのなかに微細音が混じり、最初の音というべきか、あまりに薄く聞き取れず、そして同時に、どんな運命の咆哮もそれを覆い尽くせなかった。

始まりがあり、終わりはなく、それは継続がなかったためである。開始したものは差し止められた。でも耳には持続音であり完了していて叫び声のようだった。俯いて瞳孔だけ開いたまま閉じた扉を見つめた。

そこから立ち去った。

背中を向けて、来た道を引き返した。

自分は動く彫像であった。生体を模した動きをしているだけで、人間は内部で止まっていた。沈黙を孵化する沈黙と漆黒だけ内側にあった。微塵も思考はなく、思考に向かう揺らぎもなかった。それでなお死人ではなく、なぜならまだ行為があったから……聴いていた。かの声が語りかけるのを聴いていた。

それから走り出した。がむしゃらに、そうすれば逃げられるかのように。穴倉で角を矯められながらまだ内奥に叫び声をあげている。

そうして景色の変わったことがまた、心情に及んだ。灯の点滅しているよく知った建物をみて今まで息の止まっていたことに気づいた。

廏舎に辿りつく。馬丁がいた。五分もせずに鞍をつけて、彼に後ろを追わせて、暗闇のなかに駆けだした。

どれほど、手綱を引いて馬を止めたかったことか。何度その考えが浮かんでも直前に思い止まってしまう。それを毎分、毎秒と繰り返すのだった。その間にも拍車をかけてもっと遠くへもっと遠くへと馬を駆り立てる。

もうこのときは一人の男ではなかった。ただ一個の慣性……馬だった。全存在が、止まらず駆け続けたいという未表明の願望であった。居場所を探していたのではない、もし着いてしまったら、止まり、鞍から降りて、手探りしながらもまた自分を危うくしなければいけなくなるから……。

それでも停まるべき時点がやってくる。馬から降りると、それまで落ち着かなかった感情が怒りに、盲目で凶暴なものに変わった。その瞬間に新しい目的地が定まって、また血の滾る獣に跨がる。わずかの金と荷物を背負って、ギャロップの従者二人を連れて。

この土地から離れるのだ。誰にも知られないまま、監獄のなかで啼く二人から離れるのだ。しかし何よりも、自分自身から離れるのだ。

六

それから空白期間がある。十年か、あるいは二十年だろう。郷里にも戻らず、そして出来るかぎり郷里について考えることもやめていた。

生まれつき忘れやすいのかもしれない。あるいは自覚しないまま忘れようとするのかもしれないが。都合の悪いことはとかく思い出さなくなる。とりあえずと脇に置いているうちに、そのトラブルの頭に割り込んでくることがなくなる。

しかし土葬したからといって消滅するわけではない。意思がどれだけ意思のままであろうと記憶は消えない。しかるべき時が来るか、あるいは在るべき高さに達するまでは。

精神のなかで記憶がなくなることもあるだろう、老人が横たわって死んでいくように。そのとき意思は静かに横たわり、忘却に朽ちていく。しかし記憶を生き埋めにはできない。囚われたままでは老いることも死ぬこともできず、慢性かつ無為で幼稚なまま記憶はただ積もっていく、聞きいれられない抗議として。脳病でなく神経症となり、滲みとなり、精力の浪費となる。

記憶は海面から海底に追いやられる。奥底で、ぎりぎりの意識されないところに留まって、しかし指を動かすくらいの些細なきっかけのたび境界を超えて、真新しい、針で刺されたような痛みとして浮かび上がる。

放逐されれば復讐に乗り出す者も出てくるだろう。成長するうちに避けがたく腹を立てるばかりになって、周りからすれば当人と無関係な出来事にまで激怒するようになる。

埋められた思考は埋められた死肉と同様、腐る。そして倫理の容れ物である墓標ないし獄吏を通じて伝染病を広めてしまう。

俺もそうだった。それまで腰の落ち着かない、軽薄な人間であったのが、あるときから、不機嫌で、胆汁質で陰鬱、疑心暗鬼ばかりの人間になった。情緒不安定になって誰も、自分自身さえ、信頼するということがなくなってしまった。

　やるべきことを一人で完了することができなくなった。うまくいきそうな気配がすると投げ出す。それがあまりに乱暴無礼であるために、周りから避けられるようになった。あいつと組んで名誉に与るよりは、何も貰えない方がまだいい、そんな風に感じているようだった。

　何もかも、どんな記憶さえも例外でなく、いつかは直視しなければいけない。敵に勝つことも負けることもなく眠ることはできないだろう。

　そう、だからある日に思い立って、我が死体を掘り出した。鏡像である好奇と恐怖をもちながら眺めた。一度見てしまうと目が離せなかった。そして自分は、この我が悪徳の小心な献身者になったのだった。

　これは不実な、しかし真実の物語である。もし犯した罪が後悔によって取り消されるものであるなら、もうとっくに罪は消滅しているだろう。しかし後悔とは過ちを犯した人間にだけ関わるものであって、犯された側にとっては関係ない。世の法を人間は破ることができるけれども、彼自身の法は無視することも破ることもできない。

行動があれば絶えずその反動もあり、それぞれに価値は半々である。自惚れを選び、そして恥が返ってきた。二つが合わさってやっと完成である。二つが混じってはじめて自己表現が済み、有罪判決が言い渡された。自惚れが俺には恥の禁固刑である。そして恥が自惚れの跡を継いで、さらに遠くまで、正義のところまで連れて行ってくれる。外向するために内向するのだ。行為のたび、自分を褒めるか罰するかのどちらかをする。罰を受けるとき、それは報いというよりも、もっと深い意味があった。

自惚れと恥。二つ、二人。そんなことを考える権利が俺にあるのか。しかしどちらも、二人が言うには、人間の本性に欠くことのできないものだった。どちらも、二人が言うには、人間の沽券に関わるものだった。どちらも、二人が言うには、友情に関わるものだった。しかし二人はこの俺自身の二断面のなかに沈み込む。二人にとって俺は胸のしこりだ。俺にとって二人は死んで沈殿している。

叫ばれるのを怖れて、あのとき草原を逃げていったのは異常だっただろうか？ああ、あの草原こそ二人が切り捨てられた場所だ。そして二人は埋められた。あの場でなくとも、いつかは必ず埋めることになっただろう二人。

そしてとうとう二人について熟考を始める。そのうち世界中でこの二人以上に大切なものはないというくらい、ほとんど自分の全てとなった。

二人を、自分自身を、最悪の出来事よりも前にあったハピイ・デイズを再構成した。そして、世にどれだけの敵意や猜疑心があろうとも二人との間には友情と、最も率直かつ自由な信頼があるのみだと分かった。二人を信用するに足りるものがあった。そして拒絶されたとき、いままで信頼していた二人を忘れようとした。

なんと愚かなことをしたものかと呆れてしまう。二人みたいに、一瞬だけ見ないふりをすることもできたはずなのに。

どうして目を閉じてやり過ごすことをしなかったのかと問えば、何か理由らしいものも出てくるだろうけれども、しかしそれをやっても虚しいだけだろう。

女は、男ふたりの間にあって停止していた。男ふたりの価値と可能性を秤にかけていたのではないだろう。むしろ人間らしく判断することを先送りにしていた。あるいは女性らしく傷つくことを恐れていた。それは綱渡りであって、いつか破綻することが目に見えていた。しかしそれでも俺があんなに強く言っていなければ、もう少しそのままでいられたはずだ。何か事件が起きたとき、一旦であっても宣言が出されると、後にはその価値判断だけが残ってしまう、判決のように。

そして敗訴したのだった。神経が持ち堪えられなかったからだ。耐えられなくなって、幸運の転がり込んでくることに賭けてしまった。賭けごとをするのは不完全な人間ばかりだ。賭けごとをしている限り、現実から目を逸らしていることになる。利得と結ばれた知恵によってしか現実は勝ち取れない。すなわち人間の全体が問われるもので、つまり幸運とはどんな場合でも決して「一縷の望み」ではない。

あの二人を知ったことで自分は向上させられたと思う。そして、たしかに二人はもう沈殿したけれども、なお二人はここよりも高いところにいる。ライオンが犬よりも上位に立っているように。

自惚れが不実の証明となり、そして恥が偉大な教えを授けてくれた。謙虚になりさえすれば肉々しい霧と蒸気から解放されるのだ。そうして初めて人間というものが分かるのだろう。

精神に入りこむだけではアイディアにまだ駆動力はない――エネルギーに欠けている。ただ話題の一つ、知的ゴシップに過ぎない。アイディアが行動となるためには、一度、想像力の深みまで沈まないといけない。そこで初めて、思考する被造物にあるエネルギーを得る。行動へと誘うのは想像力である。精神も意思も、想像力によって瞬時に駆り立てられる。ちょうど馬が拍車に反応するように。

だから例の二つは、我が想像力の圏内に入ってしまった以上、なされるべきことが全部なされて、論理とさらに倫理も満たされるまでは、もう外に出られない。

だから俺は馬を駆って家に向かった。

七

あの二人との冒険を除くと、記憶はぼやけている。出会いや交わした言葉はまるで昨日のことのように覚えているのに、あの冒険に挟まれた会話文の大半が、記憶から消えつつある。かろうじて、帰路の長い旅と、船に乗ったことを思い出す。そうしてやっと見知った土地、見知った顔のあるところに戻ったのだった。

どこを見ても、まるで刻みこまれているみたいに長い年月の経ったことが明らかだった。

あちらでは、空き地だったところに小屋が。こちらでは、かつて家のあったところが吹きさらしに。

羊の番をしている男がいる。以前にはこんな老人ではなかった。

若い男女が立っている。しかしあんな色気づいた、無駄話ばかりの若者ではなかったはずだ。

帰郷の報せは先に伝わっていたらしい。みな物珍しそうにしているが、驚いてはいない。そして家に着くとこれ以上ないほど万事整った歓待を受けた。

しかしどのような歓迎も嬉しくなかった。ただ渡り鳥の一羽みたいに、まったく匿名のまま戻ってきたかった。去年つくった巣に戻ってきた鳥みたいに。身相応の扱いを知っておきたかった。身相応の危険があってよかった。

身構える必要はなさそうだった。ただ隣町にしばらく行っていただけみたいな、浮ついたところのない会だった。そのことに驚いて呆然とした。ここの素朴な人たちから直接情報を取るのは無理と分かって落胆した。

心のうちで呟いた。

「まだ死体はみつかってないらしい。なにか非常な幸運があって、彼らがいなくなったことについて、自分は疑われていないみたいだ」

そう思うと、魂がわずかに軽くなった気がしたけれども、それも一瞬のことだった。隠れ家を求めて戻ってきたのではない。どのような債務も払うつもりだった。

しかしいずれにせよ現況を知っておくべきだろう。食事のあと尋ねると、自分の戻ってくることは「お屋敷」で話題になっていて、しかも城主の奥方が明日やってくるらしかった。

それを聞いてすっかり警戒心が解かれて、心が軽くなった。泉から噴き出した喜びを身体に浴びたみたいだった。

どれだけの時間だっただろう？　十分か、十秒か？　本当に強い心でなければ喜びを湛えたままにしておくことはできない。それは手のひらに海を持とうとするようなことで、できなかった。隙間から零れてそのうち枯れた。残ったのは、もとあった自分の手のひらだった。

喜びに満ちていた心を空っぽにして、浮かれていた身体を叩き落としたのは、明日には連中に会わなければいけないという事実だった。自我が頭をもたげて言った。

「あいつら、むかし見捨てた青臭い野郎に会いたくはないだろうな」

それだけだ。でもそれで充分、馬のように駆り立てられた。進むべき方角と、後にするべき空虚がわかった。

馬鹿じゃないかと自分を叱った。過ぎ去った無為の年月が蘇った。解いたところで何もない謎。無駄だった労苦、惨めだった憤り。そしてどんな語彙も、どんな語彙の組み合わせも表せないような感情の喧騒、乱痴気騒ぎに巻き込まれていった。

無教養な人間にとって葛藤は眠気ないし苛々した焦りを催す。しかしそうでない一般の人間にとっては、葛藤はむしろ怒りの引き金である。そして精神とは怠惰なものであるから、ベッドの中まどろんでいることを至高とする。この二つが合わさった結果として人間は、自分では何もやらなくて済むような嘘を自分自身に対して拵えて、そこに安住するようになる。人生を裏打ちしているものは怠惰であり、そこから物欲も肉欲も怒りもやってくる。しかもいずれも使い勝手のよい言葉の一群によって記述されるものだ。

身を引き裂くつもりで怒りと決別したのに、そうやってまた穴ぐらに急ぎ戻ってしまったのだった。気づくと明日やってくる来訪者を、ほとんど憎しみに近い、苦い厭わしさをもって思っていた。

生きてやがるのか！　あれほどの、あの喪に服していた期間、俺の年月は無駄だった！　罪悪感に苛まれていた時間。あいつらを理想化して、脳が神経が晒される拷問に耐えていた時間が！

ぜんぶ無駄になった！　あいつらはただ立っているだけだ。何もしない。何の象徴もしない。ただそこにいるということが許されているのだ。また虚無感が襲ってくる。あいつらは何も象徴しないのに、自分は何かを象徴しなくてはいけないらしい。禍々しい傲慢と恥と復讐心がまた立ち上がってくるのを感じた。

八

二人がやってきた。一瞬、好奇心が先に立って恨みが引っ込んだ。挨拶をしながらそれぞれを、市中引き回しの罪人か、あるいは見世物小屋の駱駝でも見ているみたいに物珍しそうにしている自分に気づいた。

二人ともどこか変わっていた。けれども本質的な変化ではない。時間経過に伴う変化。

記憶にあるものがすべてそのままだった。けれども昔より際立っていた。彼の自信はより深く、指示はより直截になっていた。権力をもち、ユーモアを発揮できて、鷹揚に構えていられることがまるで手足みたいに自然であるようだった。

大きかった彼は、今では巨大と言っていいくらいだった。外にも内にも満ち満ちていて闊歩するところは山脈のようだった。

女は、むかし四月の美しさ、困惑と頼りなさであった。いまは夏の華であった。それは視野の楽園であり感覚の祝福であった。一目で、それ以上の欲望は鎮められた。女の美しさは人間的で、人間は美しく、そのため女は自分を抱く恣意を抱くことができた。向けられる欲望を無罪放免して、純粋にして無垢にして送り返すのだ。

世にはあらゆる企みから守られている存在があるのだ。そうあるべき崇高な権利のもと生きているみたいに。崇高な庇護を受けているみたいに。その目に入ることさえ世の悪意が恥じて消え入ってしまうような。崇高な存在の取る一挙一動はすべて調和のもとあって、汚れなく、何一つ間違っていない。寄せられる信頼に理由なんて必要ない。傷つくことがないなら裏切ることもないだろうから。地獄に生きる人間があるように、天国に暮らす者もあるのだ。あれだけ豊かに所有しているのだから立派であるに違いない。決してその逆ではなく。つまるところ神聖なのだ。

そうなっていたのが一組になった二人だった。そして俺は無力感に苛まれながら憎んだ。嘆くほかない、罠に捕らえられた野兎のように。この罠の刃が食い込んで遂には殺されてしまうのを知りながら。

いや憎悪することさえおこがましい。二人が悪いことをしたのではまったくないから。むしろこの自我の嫉妬だった。恥は、そこから溢れた後悔は、埋めおくには新鮮すぎたのだ。たとえ平和の鳩がいて優しい手が差し伸べられるのだとしても。魂にこびりついた染みが、なにか責任範囲の埒外にあるものが、二人に対する態度を硬くさせた。生まれついたものの半分が素直になっても残りの半分がそれを差し戻す。黙って従うというのが、一体何をすることなのか全く分からなくなる。

二人といるとき緊張はしなかった。二人を傷つけたことはないはずで、でもそう思ってしまうことは、かつてそうしようとしたことを思い出させた。二人のほんの一瞬の表情にも、ほんの一瞬のイントネーションにも、何年も前のあの事件を覚えている兆候はみえなかった。二人が忘れているなら、俺だって忘れられるはずだ。あるいは、置き去りにされたことの身を捩る苦しみの記憶で置き換えられた。

頭のなかで一々こう考えたわけではない。思惟ならぬ思惟の積み重なった結果である。部分ではなく全体によってでしか表せない、知性ではなく神経によってしか理解されないだろう。そうしてまた海溝に、暴風にひとり置かれるのだ。

わずかの間に、新しいルールに慣れた。放浪と争いのあったことは思い出されることもなくなり、新しい人生は規則正しく、期待される通りになった。

明日までに何をすればいいのか分かっていると安心だった。一ヶ月先のことまで見通せるような気分。人生はゆっくり流れはじめて、やるべきことが小川のせせらぎのように滑らかだった。しかも何もかも暴力なしに、ほとんど意志の力さえなしに運んでいくのだ。

馬はあのよく知った道を乗せてくれた。自分の部屋に戻るのと同じくらい、その方角に行くことは自然なことに思われた。望んでいたものをそこで見つけられたからだ、無意識のことだったのかもしれない。友情、協力関係、そして何より藝事である。若い、欲に正直な仔たちの人生の一部になってやった。

鎮静された、何も起きない自分だけの部屋から出て、精力と混乱と漲った生気で一杯のところに出かけていくのは、中年にもう差し掛かった男にとって尋常でないことだった。柔らかい焦れったさを昔は子供たちを見るたび感じていたが、今では、彼らが興味の一端でも垣間見せてくれると感謝の気持ちさえ湧いてしまう。

幸いなことに、子供たちは柔らかく受け入れてくれる大人連中をいつも受け入れてくれる。若年期の彼らはいつも打てば響くようで、しかも純粋無垢だ。だから子供は、あるいは小動物は、人間に憎まれることはない、純粋無垢だから。疑いの目を持たないことは、この世界において愛されるべき欠落である。

日々が過ぎていくうち、自分たちの生活をすっかり安定させた例の二人は、私の暮らしぶりが気になったのかどうか、徐々に離れていき、そして代わりに女の親類の女をさりげなく、とても丁寧に差し出した。要するに、いつか結婚するべき相手として。こちらがどう思ったとしても、結婚するべき相手である、と。しかしその女の顔さえ思い出せない。日陰に隠れているみたいに。薄い笑み、夢のなかの夢のようだった。

もう全て決まっていることだった。自分か、彼か彼女か、あるいはその女が決めたのか、もはや知るところでない。たまたま近いところに暮らしていたとか、それか人生の永続性、喋ることに付きまとう気怠さのせいで、人間は余計なことを喋ってしまうものである。そうやって、つまり避けがたく、世の女には結婚が申し込まれて、そして女は自身の身にいつか静寂がやってくるのを恐れて、受け入れる。そして驚愕する頃にはもう永遠の既婚者である。

そして俺は応えて、女は満足した。一連のセッティングをした連中はその後のこともセッティングした。それで連中は満足し、さらに結婚への障壁を一つまた一つと潰していった。

九

結婚式の前夜だった。旅人の抱く、出立の日の荒涼とした気分に囚われていた。ほとんど習性のように、馬を駆って城に向かった。明日には結ばれるらしい少女はそこにいて、そして地上の神のように歩く二人は毛虫のごとく脳内にいた。談笑して、すこし飲み食いした。しかし思い出せるのは、笑顔だったこと、優しい雰囲気のあったことばかりである。

それから記憶は、夜の帳の落ちる手前まで無くなる。その手に口づけすると少女は寝室へと消えていった。そして女主人に暇を乞うためまた跪くと、窘められたのだった。

「すてきな夜ね、そうでしょ」

女は夫の方を、どうやら意味ありげに見やって、

「明日になったら、もうわたしたち三人は今までみたいに良いお友達ではありませんね。これまでみたいに考えなしに会うこともなくなるでしょう」

俺の目のうちに疑問形を見出して、女は付け加える。

「夫は妻のものです。あなたがどれほどそれを悲しもうとも。これからは会うことはあまりないようにしましょう。酔っ払ったときくらいかしら、お姿が二重に見えるくらいに」

笑ってみたが、まだ分からなかった。

「すこし歩きましょう」

「そうしよう」

夫が言った。

「友人同士、最後の散歩だ。最後にもう一回、話し込んで、それで明日からは、天に任せよう」

そう、素敵な夜だった。他が拭い取られたみたいに月だけが光っていた。

高く、裸で、丸く、明るく、月は美しかった。

月がなかったなら、蒼い背景ばかり、孤独ばかりが目に映っただろう。

視覚にも聴覚にも何もなく、搔き乱すものも這い回るものもなかった。ぱかりと口を開けた空間が静けさのなか昏々と眠っていた。天の下で二人は輝いていた。

離れて、互いに離れて、黒玉と銀を交互にさせて木々は夢みていた。木は自問しているみたいだった。芽であるエルフみたいに。緑の臓物みたいに。木は気配なく静まっていた。

内側にこもり、折り畳まれて隔てられていた。

空は、それと草は、地は知られることを拒んだ。三人で月と一緒に急いだ。何も起きないことを罪と思っているみたいに。

空白の、内向きの木々と対峙したときは焦燥に駆られた死人のようだっただろう。跡なしの地を取り返そうとする死者。乱れなくあたりは静まり、三人は隔離されて暗渠に囚われていた。

左右にいる痩せた青く白い二人は異邦人のようだった。粗野で、闘っているみたいだった。友人のものだったはずだが、横顔は鷹を思わせた。

そして俺は！　自分の顔さえ見えない、ただ知覚の側枝によってそれを感じるだけで。

どうして恐怖はこうやって存在さえ押し潰してしまうのか？　恐怖しかなかった。戦慄によって渦巻かれた空白になってしまった。そして突然に停止する。普通のことを考えようと、どうにか自然のことだけ考えようと、そのために頭の片隅まで残らず手探りして、何か気を逸らすものを、と。

しかし月下には色がないのだ。何もない。あるのは微かな月明かりの振動とその枝分かれした光、照らされて全ての形が圧された無限までの単調、退屈、複製、形ないものの複製。

だから歩いた。音のないなかを歩く、三人はきっと生き物と思われなかっただろう。

無生物の世に向かっているみたいだった。歩いていたが、おそらく動いてはいなくて、いずれにせよ石化した景色のなかであった。どの一歩も埃の舞うだけであった。

二人に目を向ける。薄切された横顔には冷たい石の固さがあった。はためいた光の一瞬に二人はもはや友人でなく主と付き人であるのを理解した。そして二人から自分に向けられていたのは同情である。

自由意志があるはずだった。背中を向けて立ち去ることもできたはずだった。しかし逃げたとして、二人の向けるだろう微笑みが矢のごとく致命傷となるだけだ。卑怯者はなんと勇敢であることか！　危険にいち早く気付いて足を洗えることが羨ましい。卑怯になればこの身は保たれる！　いくら見下げられようとも！

手を握り締めると、かちんと爪がぶつかって、それで寒さが骨に滲みた。

十

銀白色の横顔は険しいまま前を向いていて、遥かに感じられた。足元を覆う灰色の植生から目を上げて、一緒に前を向いた。

草原の端までやってきたのだ。ここより先には、月を浴びて岩と硬い雑木が立ち塞がっている。その向こうには銀の見張塔がある。かつて三人で歩き、そして苦悶の末に一人で逃げ出した場所。

記憶とはまるで秘跡のようだ、あの夜がこうして蘇る。握られた手、握られなかった手、揺れる身体、交わり、あるいは交わらなかった視線を思い出してまた苦しくなった。

しかしその同じ手が、今はもう相互の動きではない。その同じ瞳がもう近くを見ていない。同じ身体が、いま一緒に歩いているけれども、それ以上のことをしない。手を引いたのは、手を離したのは俺だった。目を逸らしたのは俺だった。留まりたいと思い、またそうするべきであったのに、離れたのは俺だった。

心臓の一拍、その間だけ立ち止まった。そしてまた歩き始めたとき、二人より一歩前に出ていた。立ち止まった二人は、この気持ちの急いているほどには、衝き動かすものを持っていなかった。

もう二人を見ることはなかった。何も見なかった。瞼は開いていても外の何物も見ていなかった。では内側に何を探していたか。

思考を、感触を、景色を探していたのか？　まったく自由でなかった。どこか、自分の存在のどこかの区画が忙しなく、手がつけられなかった。

考えることは見ることだ。映像とならなくては、どのような観念も現実ではない。見ることは知ることだ。知ることはより鮮明に見ること、そうでなければ知識など、螺子や歯車であるに過ぎない。それでも視力の限界を超えて視ることができないために、ある一線を越えると思考はできなくなる。恐怖を聞くことはできないだろう。喜びも。通常ではない感情はすべて無言である。言語とは通常範囲の感情を表すためのものであって、そこから遠いものを表すには無力である。

そのとき何が起きていたか、どうして知ることができよう。非常事態に胃や脊髄が反応するのは二次的であるはずだ。第一線であるのは他の場所、他の臓器である。まだ人間に数え上げられていない臓器。

二人と共に歩いている。誰に見られても構わないみたいに堂々としている。我がための長年かけた替え玉と括られたまま。

立ち止まって、もう一度だけ記憶のなかの扉を点検した。浮き彫りの像みたいに変わらずにあった。雛の喉奥のように暗い、足幅ほどの裂け目が上下に走っていた。荒い野草が扉の足元まで生えていて頭上には石垣がのし掛かるようだった。

彼の目が向けられる。岩のように重い視線。

「入ってみろよ」

女を見ると、唇はなにも動かないけれども瞳は月下に薄く、夫の声と同じく鋭利だった。

「俺たちは昔ここに入って、そして出てこれたんだ。お前にもできるだろ、ここに入って、また出てくることが」

肩に回された腕が恐ろしかった。身を捩ると、彼は腕を下ろす代わりに扉の廻し金具に手をかけた。遠くの白い月を見た。その紺色の周囲を。転がり落ちていく世界を。そして言葉ないまま細い裂け目の内側に俺は身を滑らせた。

振り返った。鈍角に広がったものを逆光に見てそれから扉が閉じていく。軋む音が響き、響き、響いて、耳のなか扉がしまってからもずっと続いた。

十一

暗くなった。

知らない暗さだった。黒は象牙ほどに稠密で無傷だった。

頭蓋のなかを洪水のように襲って、内部まで外部のように昏くした。目蓋は開かなくなった。開けば暗いから。閉じられなくなる。もし開いてから閉じられなくなったら自分自身が暗闇になってしまう……

右も左も前後にも気配があった。動く闇とか触れる無音の……

それを確かめることもできず、それでも瞬目して、精神は飛び上がって震えから逃げ出す。濡れて引き攣って闇は収縮した。鉤爪を剝き出すみたいに。金属に摑まれた感触だった……

立ったまま、扉の向こうにもう誰もいないと分かってからも、立ち尽くしたままだった。動けず、空気を動かすことが怖くて、耳で身体を視ているみたいだった。
憤りはなかった。それ以外のあらゆる感情に占拠されていた。苦痛と比べれば怒りは無視されるのかもしれない。赦しも後悔もなく、ただ無視されるほど小さく、逃げた羊の脳内を羊飼いが考慮しないのに近かった。

二人はもういなかった。二人がいなくなって全てがいなくなった。無に囲まれて浸された。大洋に浮かぶ岩礁みたいに。ただしそこに注ぐ陽光も風も、羽を休める渡り鳥もいない。墓石の下でもこれほど静かなことはないだろう。暗さ恐ろしさが減じるにつれて静けさの圧迫が増すのだった。怪物が怪物を倦みもせず疲れもせず孕み続けるのと同じく。

自然は真空を嫌う。精神もそうだ。精神も自然の一部であるから。無言にあれば騒音が現れ、廃墟があれば人を住まわせる。人であることの悲しみ。これほどの犠牲を払って、この程度の喜びか！　悲惨を描くのに、どれほどの準備がいるだろうか！

この耳には二つ仕事がある。聴き、そして見てほしいのだ、自分を。二つ仕事がなされたならやっと狂気が、些細かもしれないが、やってくるだろう。

音が聞こえてくる、すぐに正体を知った。光が射すが言葉にならない。両目を閉じて耳をこの手で塞ぎ——下顎がぶら下がっていること、口が開いていることに気付いた。音と光が入ってきたのは口からだった。

気づいて、魂に封をするように、平静を摑みなおした。右に数歩、壁に触れる。反対側に進み、倍の歩数で壁。そして後ろ手に手探りした指に触れる。

裂け目だ……。

体毛が逆立つ。裂け目の奥にある裂け目になんて入れるわけがない。溶鉱炉に飛び込む方が、まだ……。爪先で歩く、この足音が裂け目に聞こえてしまわないように……。

音をすべて消しても気付かれるだろう。遅い微動は覆いかぶさるようで想像を絶したところの雷鳴のようで——

「ちがう……！」

平静をもう失って数歩下がる。

「あぁ！」

思った。自分はこの瞬間どこかに立っている。どこかは分からない。位置を失った。もう自分はどこにもいない。

「かみさま、どうしたら」

石の床に秘密めかして手をつく。そこに何もないことを知った。

「眠ってしまえ」

頭のなかに声がする。

いや、実際に口に出してもみたのだった。握ったこともない桿を握ろうとして。膝を抱えて、犬のように横になる。顔を埋める。何をやっても石の上だった。

「ねむってやる。かみさまを頭に浮かべてみせる」

その時に神は、背後のどこかにある空虚、ここに赴いている空虚だった。彼を思うことは何にも比べられず――想像できず現実だった！　隠れていて迫っていて脅かしであり危険であった。膝が、顔の前にあって神の声を受け止めていた。背中は傾聴している。そして脳は、認知できない何か別のトラブルを処理していた。

「声さえ出せたら！」

精神の一部分が急かす。叫ぶように唆す。今しかし声があっても卒倒して自分は死んでしまうだろうと分かっていた。

十二

どれくらい続いただろう？　一時間、一年、それとも一生？

感情の始まるとき時間は止まる。だからその間にどれだけ日時が経過したかと考えるのは無益である。眠りに落ちた時刻を知ることができるだろうか？　あるいは腹が立った瞬間の時刻を？　そこに時計はないのだ。ただ意識と経験があるのみで。

そのままそこにいた。目を開いているか閉じているかも分からない。空間に染みついた悲惨が少しずつ減っていくようだった。いや、空間はもう空間でなくなっていた、あるいは違う次元、どこでもないところに。

測れないほど広く想像できないほど狭く、時間がなくなって、つまり空間が無くなって、そこには存在だけが、様態だけが、私的だった悲惨は続き、ただし知識とか脳から遠いところにあって、身体による制約を受けていなかった。

どこかに、どこか、何かがあった。何もない。悍しい恐ろしい仕業が進行中であった、この俺を標的にして。否定語によってしか語れないこと、それでも言葉にすれば、魂において気孔を、そこから自分が逃げ出した穴を、また通過していた。言い明かされない、それでいて日常と地続きであり踏みしめられたものと接触した。しかしそれを語ってはいけないのだ。範囲外、意味においても精神においても範囲外にあるから。

昔から怖かった。しかし今はどうして？　光のないこと音のないことが怖かった。忘れられれば良かったのに、鈍い監獄に、極楽鳥の飛んでいくみたいに、でもできなかった、もう始まったことだから。もう移されていたから。それが終わるまでどこに戻ることも逃げ込むこともできないだろう。

そう、だから何時間あるいは何秒そこに倒れていたのか分からないのだ。あの岩の間に。どんな恰好をしていたかも。何が起きたかも。でも気づくと、平生の意識状態に戻っていた。誰かが担ぎ出してくれたみたいに。

怪物じみた不在はもう無かった。この目で耳で聞いた暗さの向こうに見たんだ。今こうしているみたいに。

扉の向こうには足音がした。扉が軋み揺れて、縦の裂隙から光が漏れて明滅した。

十三

あの二人だった。けれども自分では動けず、やっとその場を離れられたのは、彼が肩を貸してくれたからだった。巨体から延びた腕は子猫でも担ぎ上げてくれるみたいだった。しばらくして歩けるようになっても、腰に優しく手を回して支えてくれていた。

「ちょっとした冗談だよ」

くすくす笑いながら女は、手を握ってくれながら、

「ちょっとしたお遊び」

声を失って俺も笑うしかなかった。

怒り出さなかったのが不思議だ。そんな気持ちにならなかった。二人の言葉には笑顔でなんとか返事をした。そうすることがあの二人のためであるような気がしたのだ。もし怒ったとして、途中で吹き出してしまったら？

三人で歩いた。はじめ遅く、次第に速く。色々と聞いた。説明とか自慢とか言い訳とかを。

「裏から抜け出すのに十分はかかったよ、それで思ったのはさ――」

彼が言う。

「でもあなたって私たちよりずっと頭がいいから、」

女が口を挟む。

「私たちが戻ってくるまでに、もう脱出してるかなって」

「閉まってる扉も、鍵までかかってるとは限らないって、気づくのに十分もかかった」

「ほっとしたね、月がまた見えたときには」

「ほんとね！」

女がはしゃいでいる。

「愉快な十分じゃなかった」

彼がさらに続ける。

「ぞわぞわしちゃった。でも――

「怒らないでね。笑って許して。これでまた、前みたいに友達だから」

数時間は閉じ込められていたのではなかったか？　立ち入ったとき、まだ月は高かった。もう月は落ちていて暗い。暈けた輪郭だけ互いの顔があった。気分は悪くなかった。それどころか最高に体調のいいような気までして、一休みしたあとのような、そして二人の道連れに底抜けの友情を感じた。

そして同時に、困惑しつつも確信していた。この二人の知らないことを自分は知っている。ある秘密を、もしそれが明らかになったら二人が腰を抜かすだろう秘密を。

こちらから教えてやるつもりだ、もう少し、それが何であるかをはっきりさせたら。考えるだけで喜びが満ちる。どれほど吃驚するだろうかと。心温まる気分だった。白々と夜に灯りをつけるみたいに。すべて過去が消えてしまって記憶でなくなって自分自身さえ生きていないみたいだった。

幸福！　やっとみつけたのだ。これまで見聞きした何と比べても、これ以上はない。

散歩の終わりも近かった。すこし足早になる。早く秘密を伝えたいからだ。大階段に足をかける。篝火を持って男たちが傍に並んでいる。暗がりから明るみに向かって、霓裳をまとっている。

登りきると、女は振り返って微笑み、そしてまた前を向くと固まった。笑みが凍ったのを見た。虹彩が硬くなるのを。乳房に両手を押しつけたまま動かなくなった。そこに俺がもう一人いた。女を見つめていた。

たしかに自分だった。俺だ。唇は端から渦巻き、歯を剝きだして嗤っている。眼球は内転して喜劇的であり顎先は唾液に濡れていた。階段の先に自分がもう一人いて、それは死際の一瞬で、そこで目が覚めた。

愛しい人

一

四つ目おじさんは、けっこう若い。実際のところ三十三か四なのだけれど、生まれつき老けている人間もあるもので、彼もそういうタイプだった。「おじさん」の感じで、分厚い鼻眼鏡を載せているから「四つ目」だった。

平均的な男性がもつべき尊厳をかつて備えていた。つまり結婚していて職があって相当の稼ぎがあった。週に三十五シリングである。

妻を選んだのは、他に適当な女がいなかったからだ。そしてその妻も、しばらく様子をみて他に適当な男がいなかったから結婚したのだった。

本能に引き寄せられたのでもない。二人は幼なじみだった。同じ線路沿いに住んでいたし同じ教会に通っていた。神父を挟んで言葉を交わすことも多かった。そのうちに一度、二度と家で会うようになった。

どうして教会に通っていたか？　祈るためではなかった。祈るなんて、一体何のことだろう。神のためではなくて——二人の性格は、そんな知恵と意志のエクササイズをするには強度が足りなかった——教会に行くのは、ただ子供の頃からそうすることに慣れていたからだった。そうしろとも言われてきた。教会の周りには社会があって、そこにいれば寂しさも手持ち無沙汰もなく、孤独や絶望に至ってしまう心配もなかった。

男女二人が夜半に会っているとすれば次にしなければならないことは決まっている。結婚である。だから二人は結婚した。

愛！　そんなものはなかった。好意さえあったかどうか。もちろん二人とも読むべき本は読んでいて、そこにはまず愛が、その先に結婚があると書かれていた。だから結婚した以上、互いを愛し合うことがなすべきことであり、二人は義務によって結ばれていた。しばしば「ダーリン」と呼び合って、たまには手を繋いだりした。

結婚式もやった――まだ多くはない貯蓄をやりくりして――両家から十数人がやってきて、菓子パンやレモネードを楽しんだ。肉料理も振る舞った。あるべき祝辞とあるべき乾杯。素晴らしい会だったと参加者は口々に言った。それから二人は六日間の新婚旅行に出かけた。

新居に戻ってきて、借り物ではあったが新しい家具に満足して、それから男女は結ばれて夫妻となった。

二

二週間は上機嫌だった。夕食も一人じゃないし、二人で寝るのも楽しかった。日曜日には腕を組んで午前午後と教会に通い、家に帰ってからも一緒に過ごした。

朝の紅茶が入ると「朝ごはんができたわよ、ダーリン」と声が掛かり、出かけるときには「帽子はどこだったかな、ダーリン」と訊いた。

そして女は仕事に行くことがなくなった。もうそれがなすべきことではなくなったから。男は、夕方に帰ってくると、女が一人でいる間に積もったよしなしごとを義務心でもって傾聴した。

少しずつ、男は女のおしゃべりが過ぎると感じるようになった。蛇口の調子がどうだとか、必要以上に口数が多い気がした。一度流れ出すと止まらないのだ。はじめのうちは、ただ舌を巻いていた。蛇口の不具合についてよくこれだけ喋れるものだと。尊敬に近いものだった。夜毎に話題も変わっていった。防水のテーブルクロスはどうか、と。地下で油虫がでた、とか。結婚式でもらったシルクの傘が裂けてしまった、とか。何もかもについて、一から十まで、文法的に完全な文が次から次に繰り出されるのだった。

居間に座って男は耳を傾けた。ベッドに横になって蠟燭が消えてからも、彼女の横で聴いて聴いて聴いた。

聴いている以外に何をしたらいいか分からなくなった。そのうち妻の細い声が怪物のように退屈な、永遠の、説明不可能な抗議に聞こえてくるのだった。

結婚したことを後悔するようになった。

三

まばらな口髭と大きな鼻が目立つ男だった。鈍い青色の瞳はぎょろりとして耳の代わりに目が聞いているみたいだった。顎は小さく、引っ込んでいてまるで無いみたいだった。耳介は外向き。ズボンはぱたぱた落ち着きがなく、それは太腿がマッチ棒みたいに細いからだった。尖った膝が布越しに分かる。扁平足で爪先を上向きにして歩いている。

殻のあるだけ、かたつむりの方がまだ強そうだった。男には何もなく、いじめ放題という印象を与えた。公衆の面前でやられても文句も言わなそうだった。

あるいは妻も同意見だったが、些細な苦い嫌悪、薄い苦い止まらない言葉たちに続くものを言うには血気が足りなかった。

男は誰に対しても優しかった。何に対しても。望みといえば、誰かを好きになりたいということだけだった。それだけだった。誰かの怒りを鎮めて、嫌いじゃないよと分かってもらうこと。

握手をしても誰もそんなふうには受け止めてくれなかった。粘着質な皮膚だと嫌がられた。鈍い目から善意を受け取ってもらえることはなかった。まさか、この男が赤の他人である自分の幸運を祈っているなどとは。まさか他人の笑顔のためだったら犬の真似だって喜んでするとは。まさか悪く思わないでくださいと奥深くで懇願しているとは。

四

月日が流れた。

ナンセンスの集積場、それを彼は人生と呼ぶわけだが、そこで三年が過ぎた。まだ生きていた。前よりも痩せていたが、誰も気づかないくらいの痩せ方だったので、むしろ変わらないことの印象を強くするような、そんな痩せ方だった。

両手で包み込むように握手するとき、彼は以前にも増して熱心で、そうしている間は身の安全が保証されていると信じているみたいに、必死に腕を振った。近づけば尾を振って寄ってきて、じっと見つめて、どこか遠くに連れて行ってください、僕をどうか養ってください、と訴えているようだった。

彼はひどく惧れているのだ。死が一歩ずつ近寄ってくるのを見るようになったから。惨事が、災難が避けられなくなって、もう戻れない。世の片隅でいいから骨を安らかに置けるところが欲しかった。温い藁の巣、陽光を感じられるような。

疲れていた。むかし働いていたみたいにはもう働けない。妻の声が、止むことのない苦い小さな通低音が、労働とこの身体の間に割り込んで、頭が回らなくなった。簡単なことさえ思い出せなくなった。台帳の最後に打つピリオドさえ、これでいいのかと答えられなくなった。たった一日覚えておけばいいものも忘れてしまう。女の低い声が割り込んでくるからだった。上司の話を聞いているときでさえ女声がブザーのように邪魔をした。

周りの男たちから虐められるようになった。

インク壺に角砂糖を入れられた。ペンを持ち上げると、ぼとんと固まったインクが台帳に黒い滲みを落とした。昼休みにはカップを隠されて、やっと見つけるとそこには赤インクが一杯に注がれていた。戻ると机を反対向きにされて、書類は破かれていて、帽子は潰されていた。椅子にはガムが付けられていた。

思いつく限りの嫌がらせをされたが、誰に文句を言えばいいのか分からず誰にも文句を言えなかった。

限界を超えつつあった。彼にとってではない。いつか死ぬのだと思えば限界などない。上司にとっての限界である。悪戯の主は分からず、しかし現に起きている。そして男の追い詰められていることが日毎に目につくようになってくるにつれて、上司たちは口数少なくなり、煩わしそうにするのだった。

男は解雇が近いのを察する。それは生きることの終わりに等しかった。芝が枯れて日が没するみたいに。自分を卑下して解雇を避けようともしたけれども、いま彼は底にいるのだ、それより下はない。

これが恥ずかしいということだろうか。それが恥ずかしさであると知っていたのは神だけである。卑猥だった。涙が、燃えたみたいに光りながら不細工な鼻筋に沿って口髭に滑り込んでいくのを、おそらく神は数えていただろう。

五

そして解雇された。上司の前に、肉屋を前にした羊みたいに立っていた。言葉なく聞き、言葉なく去った。

妻は愚痴り愚痴り愚痴を言った。今や眠前だけでない。宵闇からずっと、夜の明けてしまうまで途切れず恨み言が続いた。彼女にはもう一日中喋る相手があった。

そして昼も夜も埋められた。

男は家から飛び出す。右往左往した。商店のドアを入り事務所のドアを入り何か人の集まっているのが見えればドアを入り、仕事はありませんかと訊いた。怯えた目を晒しながらのことだった。

しかしそれは風に水に訊いているのに似ていて、求人は一つもなかった。

神の作った空の下に彼のための居場所はなかった。

持ち金は尽きた。

借り物だった家具は持ち主が次々に現れて運ばれていった。妻は仕事が見つかるまでと従姉妹の家に移っていなくなった。

数日、空洞になった家屋のなかで過ごした。乾いたパンをしゃぶり蛇口から飲み、屑の散った床で寝た。そして地主がやってきて鍵を渡せと言う。渡すと、地主は男が敷地から出るまでを見届けた。

路上、何もなく、眼鏡だけあった。

厚ガラスの向こうに雲をみた。雲をみたまま歩き、この向こうに神様がいるのだろうと思った。

狼

一

一目で無口な男と分かった。村の誰よりも無口な男。世界で一番だろうと言う人もあった。しかしそれは言い過ぎかもしれない。

背は高そうで、それほど高くない。痩せてそうで、そうでもない。淡い碧眼だが、嵌め込まれてから彩色されたかのようだ。白っぽい金髪は絆創膏で貼られたみたいに垂れている。内股で、いや必ずしも内転してるわけではないのだが、足が曲がっているといえばそれは内股と呼ばれるのだ。歩けば膝同士がぶつかりそうに、ぶつかる程ではないのだが、それくらいになる。両耳は不器用に取り付けされていて、彼が自分で作業したのかと疑いたくなる。どうみても彼は不器用だった。

一見すると羊のようで、二目みると、こんな覇気を欠いたのがどうして羊に見えたのだろうと不安になる。羊はいくら臆病でもなにか尊厳というようなものを持つではないか。好奇心だってあるはずだ。

結婚しているようには見えない。しかし既婚者である。しかも丁度ぴったりの妻と。諸々のことがあった後、村人はまさに男にぴったりの女だったじゃないかと口々に言った。それで彼女がすこし人気者になったくらいだ。

この女は、つまり諸々のことの以前には、夫の頭をひっぱたくので有名だった。なんだって手に持っているもので叩くのだ。木べら、フライパン、あるいは拳骨で。夫の頭部が気に入らなかったわけではなくて、ぬっと突然でてくるから、視界を塞いでしまうからである。ひっぱたくのは、うるさい鶏をどかすようなものであった。

鶏を叩くと哭いて暴れて羽根など散らかすものだが、男は叩かれても黙ったままで、ただその場からいなくなるだけだった。そしてしばらくは戻ってこない。

妻は夫がどこに行っても気にしなかった。いつ戻ってきたかも気にしない。叩いたことさえ忘れる。

　とにかく無口だったのだ。より一層静かになって治安官の前に引きずられてきたとき、村人たちは初めて彼にぴったりくる動物を思いついた。そのとき、彼は……例の状態であった。

「おい、あれ狼みたいじゃないか」

「脳味噌のやらかくなった狼かい」

　やっと名前がついたようで、村人はすっきりした。

「このまま監獄に六ヶ月でもいれとこうか。奥方もこれで分かっただろう」

二

　あるとき五マイル先のキャロル広場で露天市がひらかれていた。広場までは、彼の家からまず東に折れて、狭い谷間をまっすぐ行く。濃い藪の隘路を抜けて灰褐色の岩をジグザグに避けて低い山を二つ越えなくてはいけない。

妻は夫を玄関先まで引っぱってきて、両肩を摑んで東に向けて言いつけた。

「その鼻の向かってる先に進みな。キャロルに着くまで止まるんじゃないよ」

がさっと木籠を背負わせて指図した。

「鶏肉を半クラウンだからね、もし持ってこなかったら――！」

彼は鼻の向かう先に歩きはじめた。

人とすれ違うこともあったが、みな植木か小岩、あるいは雌牛の横を通るみたいに無頓着である。通行人の静かであるのと同じくらい彼も静かであった。雌牛とすれ違って気にする人がいるだろうか？　乳しぼり人でもあるまいに！　まったく彼は乳しぼり人ではない。もっと他のものを搾るのだ、そうと知らずに。もし彼が雄牛であったなら周りもすこしは用心しただろう。雄牛であったなら牛飼いによって鉄輪を両耳に刺されてもいただろう。

雄牛は永遠に雄牛である、雄牛のいないところにもなお人々は雄牛をみる。だが雌牛はどうだろう――！

彼は荒れた坂を下っていく。うつむいて谷間を歩く。そして広場に着いた。

そこは別世界だった。怒声、喚声、罵声、歓声、嘆声をあげる女たちと馬鹿笑いする男連中。巨塔の鐘が鳴るたび天地をひっくり返したような騒ぎになった。銅鑼、咆哮、嬌態、慟哭、けたたましい犬の鳴き声が響く。

輪にまだ入らないでいると轟音は海のようだった。

そして海のなかに歩いていく。呑み込まれて、六時間だけ、人々の目から消えた。彼がまた浮き上がったのは夕日の赤いころであった。市はもう散っていた。深海の静けさがあり、そして彼は泥のように酔っていた。

ではどうやって戻ってきたのか？　謎である。木籠はもう無くなっていた。帽子もない。上着も。靴紐のおかげで靴はまだある。下着は肩にかかってまだ辛うじて所有されている。

多幸感に揺られて暮れていくなかを帰ろうとした。靄が黄金色に光っている。栄光に包まれた気がして数分間そのままで居た。それから鼻の向いている方向に、また家路につく。

左に二歩、右に二歩よろけて、やっと一歩前に足をだす。鼻の向きを調整して、両手を叩き合わせて、またこれを一から繰り返す。こうして彼は道を進んでいった。鼻で風向きを感じながら半マイルほど進んだ。

小山にかかる藪の天蓋まで辿りついた。八フィートも埋まった岩を蹴りだそうとしたり雑木林を手で切りひらこうとした。うまくいかないが楽しそうで、あきらめず、自然物が思う通りにならなくとも笑って許して迂回した。

「きっちゃうぞ！」

「もう、おばかさん！」

樹を叱りながら身を躱した。

葉と枯れ葉に空まで覆われた小道があり、その中は歩きやすい。そこだけ山際が二歩ほど引き下がったみたいだった。虚ろな小道をすすむ。どぶの溝が両脇にある。晴れた日もそこだけ濡れているような側溝。

通り過ぎようとした。けれども世界の困難がこの二筋の溝に表れたかのように、彼は通り過ぎることができなかった。どこに行ってもこの側溝がある。両脇にあったはずが、いまどうしてか、目前にある。

三

そうやって進んでいるうちに、上を向いて歩いているうちに、生命の芳しい香りが鼻をくすぐった。すぐ先だ。気づいた途端に、重力を知ったみたいに背筋が伸びた。

小さい子供が二人、道端で遊んでいる。かわいい洋服。農場主とか労働階級の子ではない。向こうの丘の先に綺麗な別荘がある。あそこで夏を過ごす一家は、どうしてか知らないが、やっぱり田舎の空気はいいなとか仰るものだ。あの一家の子だろう。

子供二人、男の子と女の子、まだ幼い。たぶん六歳か七歳くらい、仲良く遊んでいる。難しいお遊びじゃない。濁った頭でもわかる。

小道を挟んで向かいあって、息を合わせて反対側にうつって、それを繰り返している。上品なお遊び。慎ましい静けさ。

愛らしい二人を眺めているうち、心に優しさが込みあげてきた。にっこり遠くから笑って体勢を整えて、二人に近づいていく。

身体をゆすりながら近寄る。近づくほどに優しくなっていく気がする。子供はまだ遊びに夢中。

これだけ二人が愛おしいのだ、二人も僕を愛してくれるに違いない。腕の届きそうなところまで来ると、手をこまねいて声をかける。

二人は振り返って、怪訝そうに見上げる。

男は手招きするが二人は動こうとしない。ほんの少し、わずか微量の、悲憤が心に起こる。こんなに愛しているのに、僕に駆け寄ってこないなんて！　でもいい。じゃあ、僕の方から駆けよってあげよう。そうすることにした。

右に二歩、左に二歩、それから一歩、前に出た。

何も言わずに二人は小道の向こうに走っていく。

裏切られた。たたたと駆けていく上品な細い脚をみて、彼は不正義を呪った。こんなに愛しているのに、逃げるだなんて！

両手を叩き合わせて、追いかける体勢になる。歩くのも大変な酔っ払いだったが、意外と走れるものだ。かえって勢いがついて安定する。二分もしないで追いついた。彼の片手は、一度に二人の肩を摑めるくらいに大きい。

けれども走るのをやめると、立っているのも不安定だった。女の子が体をひねって逃れるとまた走っていく。残った男の子を愛おしそうに激しく揺する。女の子が戻ってきて、虎のような怒り、ただし蝶のような重さで、彼の足を打つ。

「おにいちゃんをはなして」

頭を捻って、腕を振り上げて、愛おしそうに、けれども苛立った親のように、振り下ろして殴った。女の子は弾けとんで道を転がって土埃をかぶった。

彼もそれで体勢を崩して、よろけて男の子から手を放す。千鳥足、両腕を翼のようにはばたかせて、でも体重の半分も支えられなくて、地面の顔面に迫ってくるのを見た。

地面の迫ってくるのを避けるのは不可能で、まるでそう望んでいたかのように、どぶの側溝に頭から落ちた。男がそのまま、まったく静かになったのを、じっと子供が見ている。そしてまた上品に道を駆けていった。

側溝の底面から、重々しく声がした。

「おしえてあげるよ、ぼくをみたらにげるんだよ」

そして柔らかい泥に頭を下ろして平和な眠りについた。

支　配　人

一

喧騒から遠い支配人室であるが、運ばれてくる報告書と稟議書に目を通しさえすれば、この巨大なビジネスの手足末端まで知ることができる。一つサインすればすべてが許可される。

彼は、何が起きているかを完全に理解していた。どの部門がどれだけの利益を、どれだけの損失を計上しているか。どうして誰某が高給で迎えられて、別の誰某は冷飯を食わされているのか。

支配人の手中に、すべての機械、すべての歯車が収まっていた。分からないこと明らかでないことは一つもなかった。

彼が指揮を執るようになってからビジネスは順調だった。けれども欲しいのは、もっと輝くばかりの成功だ。工場の名前を言うだけで誰もが平伏するような、誰もが感銘に打たれて震えだすほどの、そういう成功が欲しかった。両翼を広げた山脈のような、大地震のような威光が欲しかった。

そのためには「手助け」がいるのだが、前任者たちがこの言葉を放逐して、必要なのは「手」に過ぎない、ということになっていた。

命は取替可能だ。そして人間にとっていちばんの道具とは——他人である。支配人にとって他人とは、泥くらい安価で、石炭くらい有用で、そして泥よりも石炭よりも従順であった。

支配人はいつも、完全な機械を望んでいた。すべての機械はヒトに手綱を握られていて、つまり不完全である。人間はモーターであり軸受けであり電線なのだ。ただそう呼ばれていないだけで。

配置換えすれば使えるなら、そうした。どこにやっても駄目なら摘みだした。脚がついてて良かった！　そのうち立ち去ってくれるから。そうでなければ目障りだ。

警察があって良かった！　ゴミ掃除をしてくれるから。

二

従順な者ほど最後には成功する、と言われている。多くを求めると、そのうち必要ないものまで所有してしまって身動きが取れなくなるから、と。しかしそうと理解していて多くを求めない者は、果たして従順な存在だろうか。嫌だと思えば、大金を見せても動かない人間たちである。そういう人間もいることが支配人には理解できない。支配人の眼には映らない存在であるから。

本当の意味で従順な、貧しい、卑怯な人間とは、いつも執拗に求めるばかりであるから従順で、貧しく、卑怯であるのだ。欲望をもつ者は奴隷となる。欲望に喰われてしまうだろう。三つ子の魂と言うべきか、古い足枷の外れる前に新しい足枷を嵌めてしまう。これこそ服従である。暴虐圧政の背骨であり支柱である。

支配人はところで、暴君となることで奴隷でなくなったのか？　あるいは支配人と奴隷に違いはないのか？

稀にトラブルもあったが、解雇という差し油をすれば詰まりはとれてスムーズになった。何の瑕疵もなく事業はつるつるのつやつやになった。

とにかくスムーズに、スムーズに、スムーズにした。不適合であれば迷いなく解雇した。しかしそれでもあらゆる歯車あらゆる螺子は磨耗し、錆び、欠けていく。いくら指導をしても仕方ない。

機械を動かすため支配人は暴君になったが、それは嗜虐のためではなくて効率のためだった。彼自身、下級職員と同じくらいに奴隷だった。荷運びの労夫は、エンジンを動かす自分こそ実のところエンジンであることに気付いていない。そしてその上司も、絶えず気を配って、準備して、身を擦り減らしているうちに、犬のように従順になってしまう。名前を失ってしまう、あるいは自らそれを手放す。その代わりにそのうち支配人と呼ばれるようになる。

それでも僅かに残っている意識のなかで、あるいは瞬発力として鍛えられた教養によって、視野を掠めただけの物事に対してもビジネスか否かと仕分けていく。

「やる価値」があるかどうか、と。

三

　ここにもう一人、別の男がいる。ある部門の長であった。支配人は彼が気に入らなかった。ナイフが突きつけられているようなものだった。部長も、いや部門の全員がそのことに勘づいていた。男、および部門で働く人たちは、いつナイフが刺しこまれて、ぐるりと捻りこまれるか、その瞬間がいつ来るものかと思っていた。

　男は――部品としては――悪くなかったが完璧でもなかった。持てる限りのものを仕事に注いでいたが、充分に持っていなかったのだ。部門はそこそこの利益を上げていたが、支配人が期待しているほどの利益ではなかった。

　結果として、部長は少しずつ冷遇されるようになった。自ら退くことを誘導するような形で、少しずつ処遇が変更されていった。そのこと自体もビジネスの宣伝の一つであった。

いずれにせよこれは職務上のエチケットのようなもので、低い階層の人間は否応なく馘にされるのだが、高い地位にあれば多少とも尊厳を守られたまま、自分で選んだみたいに職を辞することが許されている。

しかしこの部長は辞めなかったのだ。

支配人は追加でナイフを押し込んだ。これまで何度も見聞きし、あるいは自分自身でもやってきた通りに刃をより深くした。しかしそれでも部長は辞職を申し出ることがなく、支配人は困惑した。

初めてのことだった。ナイフを刺し、さらに捻り込むことまでやっているのだ。

支配人は、ただ不服従に直面していたというより、ゲームのルールが堂々と破られているような空恐ろしさを受け取っていた。

相手の自尊心にも配慮すべしというのが、このゲームの一応のルールだった。

四

支配人は遠くから部長を観察するようになった。喧騒の及ばない支配人室から探索を始めた。そのうち怒りから次第に憎しみが育っていくのを感じた。

顔を合わせるときはわざと人のいるときを狙った。二、三言を交わすだけでも大きな声で周りに聞こえるようにした。冷たい表情を貼りつけて足早に部屋から出て行ったりもした。

特別の用事がないときも人がいるとみれば声をかけた。そういうときには、男の体ではなくて空気の重なった層を向こうにしている気がした。

初回にナイフ刺入、二回目に捻り込み完了のはずだった。しかし効果なく、むしろ回を重ねるたび相手側に余裕が出てくるみたいだった。口にされない、目にも見えない音か景色があるみたいで、それが目の前にいる相手を幽霊か曇硝子のように感じさせた。

支配人は諦めなかった。彼には尊厳を守る機会をもう十分に与えた、自分こそルールを守っている側なのだ、と。

とうとう手ずから部長を解雇することを決心した。どんな顔をするものかと密かに悦んだ。

一言でいい、小さな声で。小声の方が、犬が吠えるほどの効果をもつだろう。馘にするのだから直截でいいはずだ。薄気味悪いあの男は、もし少しでも曖昧なところがあれば、何もなかったみたいに机に戻るかもしれない。

束の間、公衆の面前で言い渡してやろうかとも思った。そうしてやりたいくらいだった。しかし他の従業員の士気まで下がってしまうだろうし、なにより、それではまるで自分が個人的な悪意から解雇するみたいではないか。これはビジネスなのだ、個人的感情などとは無縁である。

支配人に個人的感情があるなどと思われては絶対にいけない。企業が死に物狂いで広告を打っておきながら功利心は必死で隠すみたいに。支配人、あるいは大学教授でも軍事総監でもいいが、一番の資産は非人称性である。誰でもない、まったく公正無私であるこの立場を断固として守らなければならない。もしその立場を捨てるなら、この職責にある自分が真に偉大で有能だと証明しなければならないではないか。

あくまで口頭で、面と向かって斬首したかったのだ。そしてよく練った文書でとどめを刺したかった。

五

支配人はベルを鳴らして、伝令係に部長を呼びに行かせた。

自分の部屋を改めて見回す。来客用の腰掛椅子を、自分のデスクからわずかに遠ざけた。

男がノックして部屋に入る。支配人は手振りで椅子に腰かけるように指示する。遠すぎるというのではないが、浮いたように中途半端な位置にある椅子。

支配人のデスクと部長の椅子の距離は、会話は可能でも冷たさを感じさせた。そこに座る者を、ただ支配人のデスクからだけでなくて、部屋全体から隔離していた。孤島である。部長は排斥され、場違いな人間にされていた。

距離に込められた意図を、部長は正確に感じとった。周りとの接触をすべて奪われて、「空気のように」されていることを。そうして心の平静を乱された時点で、白分の側に不利があることを悟った。

しかし支配人もまた、嫌悪とも自我ともいえない個人的感情があまりに強すぎて、相手の心情を読み誤っていた。

男は静かに入ってきた。そして静かに座った、堂々と。純潔の帽子と、硬い鯨髭巻きのステッキを手にして。

遠ざけられた椅子は不快でなかった。そう感じるには意識があまりに内向きに、縛り上げられていて、限界にきていた。支配人を目でなく頭部の全体で見返した。そして支配人も、重々しいというよりむしろ軽い仕草で、鋭い視線を返した。

花崗岩と稲妻のようなものだった。片方は倒れて砕け散り、もう一方は弾けて飛び散って破壊を尽くすものだが、二つとも、それまで静かだったものが豹変した結果である。

二者の心は決まっていた。それは動かざる決心であった。

六

支配人が口をひらいた、

「君のところは成績が芳しくないね」

男は目を差しつけたまま頷いた。

「それで、退職してもらおうと思うんだ」

「辞めませんよ」

不動の頭部が応えた。

「そうすると、厄介なことになるね」

「いえ別に、なりませんが」

男は立ち上がってドアのところまで大股で歩いていき、錠前をばちんと下した。自分の椅子に戻ってくると後頭部に手をやった。

「話し合いましょうよ」

支配人は立ち上がる。

「ドアを開けなさい」

「開けますよ、言うべきことを言わせていただいたら」

そして例の隔離されていた椅子を持ち上げて支配人のデスクの正面、間近に置きなおした。そこに座りなおしたとき、帽子を頭に載せたのは、無礼というよりも両手を空けるためであるのが明らかだった。

支配人は腰を下ろす。視線を落として、自分の両手を見た。

「何を言っても無駄だよ。方針は変わらないから」

「分かってますよ。でも私にだって言いたいことがありますから。あなたが何もかも決定できるわけじゃない」

支配人は聞くだけである。

「ありがたいことに、私は幸運な人間みたいです、いままで頂いたお金で、鍼になってもしばらくは生きていけますから」

支配人は話を急がせるみたいに、冗長で我慢ならないとでもいうように、眉を上下させている。しかし同時に、話の行きつく先に気付いてもいる。

「ねぇ、私は自由なんですよ。怒ることもできるし、怒鳴ることも。たとえ個人的な感情からであっても」

支配人はなお聞いている。

「半年前にやってきたばかりのあなたと、この会社に十年も務めた私だ。それをあなたが攻撃している。しかも人のいるところで公然と。愉快ではないですよ、やっぱりね。だから反発だってするでしょうね」

「何をしようというんだ」

「私を馘にするために呼びつけたんでしょう。私は支配人を殴りつけるために来ました」

ステッキに手をやる。

「どうなるかわかってるのか」

「罰金か、あっても禁錮三か月ですか。大したことない」

「もうお前は要らないんだよ」

七

冷水のような憤怒があった。ステッキを握って男はもう立ち上がっている。

「あなたがドアを開けるまでに、三か月は動けなくなるくらい、やれそうです」

男が支配人の肩を摑んだ。支配人の腕が、机上のベルに伸びる。二秒間、そのまま二人の視線が絡んだ。軽蔑に唇をゆがめて支配人は腕を引いた。そして男は肩から手を離した。

沸騰して怒りは蒸発した。不思議だったが人間というものを誇りに感じた。異常な幸福。

「ベルを鳴らさなかったんですね」

部長は微笑しながら言った。

支配人の心から、その笑顔を見て軽蔑が消えていた。魔法にかかったようであった。

「いや、とても個人的なことだから」

部長は踵を返してドアに向かう。

「もう行きます」

「それは、辞めるという風にとっていいんだね」

「ええ、ついさっき、馘になりましたから。お元気で」

「あぁ、体を大事にしなさい」

支配人は座って、しばらく独りで苦笑していた。まだ陽が残っているのをみて、説明のつかない疲れを感じた。

一週間もすると、それはただ奇妙なエピソードという程度にしか記憶されていなかった。

一か月も経つと忘却された。半年が経つまでに二人の労夫を退職させたが、それ以降は誰一人も馘にしなかった。

二年経ち、もう支配人であることに興味がなくなって、自ら退職した。自分も荷運びの労夫と変わらないと思ったからだった。

書きもの一般について ——— 訳者あとがき

日々の用を足すために言葉はまず作られていて、
書くことは二次的です。
乳児はわずか数日で声色を、コトバらしいものを使いますが、
書きものを始めるのはずっとずっと後です。
（クレヨンを握るのは、もっと早いですね、
しゃべることと、書くことの、中間くらいで…）

なにか書くようになれば、もう乳児でも幼児でもなく、
なにか別の語彙によって呼ばれることが自然でしょう。
その変わり身に、

なめらかでない不連続なものがあるからです。

書きものに独特なのは、
たとえば絵画と比べたとき
順を追って読まれるのを、求めるところでしょうか。
ページのどれをつまむかに読者の自由があるにしても、
文を中途から読むことはできません。
あるいは逆さから読むとか。

絵画の、
まったく順序なく objet を示してくれること、（一度に、みるでしょう?）
どこからみる自由も許されていることと、対照的です。
書きものは。

きれいな夢も、燻んでしまいますね。
かきとめると
まどろんでいたさっきまであった、
華やかさは、失せてしまいます。
いくつもあった、包まれるような波のような、
一斉にやってきていた感覚の有耶無耶《あれやこれや》を、
一つづつしか、
順を追わずには伝えられないからです。
かなしいことです。
でも、そういうのが好きですね、わたしたちは

この融通のきかないところは、

しゃべるときには不自由なばかりですが
物語をしるすときには a priori な働きとして
うまく作用してくれます。
いい方向に、というか、意味をもって作用します。

書くひとは
ひとつずつ、
たしかにあの字この字を読みましたね
あそこの字をいれましたね、あなたは目に、と
会ったことのない、これからも会わないだろう
読むひとに、念をおします。
顔も名前もない未知のひとですから、
作者の彼にここまでの執心のあることは、
なかなか、
あらためて意識すると、ほとんど息苦しいくらいです。

でも、もしこれがなくて
ただ同じ文字をどうにか
読むらしいだけのひとを、読むあなたとして仮定するのだったら
小説といっても伝えられるのは、
よしなしごとの類をでないでしょう?

日記ではなく
もうすこし入り組んだ動機と
構成と、手練手管と…
となると、
まったく共有するところのない誰かに、
ただ虚空に放つみたいに受け取りを託すことはできないでしょう?
と、おもいます。

あなたが、ただ私とおなじ字が読めるというだけでなくて、
この文章のはじまって《ぷれみぁ》から
ここまでを、ご一緒に過ごしてきたひとだから
こんなことをお伝えできるのです。
（そうでなければ、
とてもとても…）

James Stephens を知ったのは
いつだったか、
たしか大学生のころで
なんとなく西大畑のあたりを歩いていたとき
コピーを持っていたような記憶があるから
たぶん十年前か、それくらいのことです。

新潟市にはまだ北光社があって、
これは江戸時代からあった古い、
街の中心にある本屋さんで、
その界隈のどこか古書市か何かで、
はじめて手に取ったのでした。

港があって南北にのびる新潟の街は
寒いけど神戸に似ていて、
むかし船員の住んでいた影響らしい、
海に向かう標識はたまにロシア語です。

古い洋書も、 さいわいに場違いではないような街で、
なにせ午前中の講義が終わって
学生の昼休みを食べに降りていく坂が
どっぺり坂、

明治のころ学生たちが
学校をふけて花街に向かうとき下ったから、
留年《doppel》するぞ、ということで
どっぺり坂。

その脇にあるのは異人池、
ふるい教会跡《いまは建築図書館》で、建てるとき泉がわいたそうです、
つくづく、みやびな土地で（いまの市立美術館は、たしか監獄跡だったような…）

『月かげ』も、
たぶん誰か、寄港したとき
船員がもってきて、それで
客死したか、
古書店に流れてきたのでしょう。

それから、ときがたち

もう学生でなくなり私は、上京して、働くようになり、
医学書の鬱蒼としているのにも慣れて、
彼もじゃがいも飢饉から逃れた一家の末裔
サリヴァン陸軍大尉ののこした手製本を、
ひもといていたとき、
Stephens がそこに、ひよッと、現れたのです。

「船員たちは逃げていく。限りなく加速し、狂人のように。気づくと、雪原のなかでもう黒い点みたいに小さくなっている。そして消えてしまった。彼女が振り返っても、もと来た道には何もなく、ただ白い。怖ろしい静寂と、冷たさ。」

びっくりして、
というのは、そのときまで

Stephens はただ学生時代のまちで
偶々みつけた、
わたしだけの作家、だったので、
とつぜんの再会の、
驚きは、
きっと、こんな風に書いても伝わらないでしょう
納屋に龍のでたようなもので…

そう、それで
この作家のどれくらい特殊か、
というか、あえて言えば、
心にのこっているか、という点について

短編集の第一作をみましょうか

いつも堅苦しいくらいの男、たぶん愛妻家でしょう
これまで大過なく生きてきたような…
彼が、ある紳士に遭います

飛んでくる自動車から
ひらりと身を躱したさきのことでした
交通事故の、一歩手前
これはフロイトの時代ですから
交通事故の夢というのはこの頃
性交渉の隠喩です

ふたりの男性が
すんでのところで

そういう特別の場に、
まるで事故みたいに、突然おかれて
それで例の愛妻家は、すっかり参ってしまって
頰を上気させています

二人の交わったことは
宗教的な（！）印象となり
でも紳士の姿形は思い出されず
ただ印象だけ、
これは本当に宗教的というのに近いですね、
彼は憑かれたようになっています。
すべてを差しおいてほしいもの、と。

ひとり妻は残されました
夫はずっと先に進んでしまったからです

これまで狭い曲げられた道にあったのだと夫君は
気付いてしまって、それを隠しもしません。

愛妻家の妻は、その、狭い曲げられた道に残されました。

それから洋上は寒いさむい
もっと暖かい外套を
もっとふかふかの帽子を探します、でも
これからもっと寒くなるから、
慣れなくちゃいけないよ、と御親切に…
い、い、い、い、い、い、い、い、
顔も名前もない、い、未知のひとに！

きっと暖かくしよう、明日には、と思って
床につきます（こう思ったのは、これが最初だったでしょうか）
そして起きると

甲板にひとり
また残されて
顔も名前もない人たちは言葉さえなくして、こちらを
じっと窺っています

待ってください、ひとりでは私とても、と追いかけると

「船員たちは逃げていく。限りなく加速し、狂人のように。気づくと、雪原のなかでもう黒い点みたいに小さくなっている。そして消えてしまった。彼女が振り返っても、もと来た道には何もなく、ただ白い。怖ろしい静寂と、冷たさ。」

死んでしまうと、
女性はおもったそうです。
ですが床を冷たくしていたのは

さきに冷たくなっていた夫。

どこまでが夢か
分からなくなってきますね
そういう風に、
あなたが書いたからじゃないかと言われれば
まァそうでしょうけど、ねぇ
なかなか怖いおはなしでしょう

氏の生まれたのは、英植民地であったころのDublin
貧富の差きびしく
ききわけもないうちに父に先立たれて、
そのあと里子にだされました。

幼時について知られるところわずか、長じて
祖国独立のため働くも
親友ひとりを失います
死刑銃殺でした、おなじDublinの広場で
Easter蜂起の、反乱軍の領袖として。

掌篇はいずれもこのころ、
JoyceのThe Deadを書いたころ、
街のもっとも暗かったころ
書かれたもので、
『月かげ』の後にはもう
Stephens氏は小説を書くことを止めました。

ほら「飢餓」なんかは、
母を狼にみたてて、

うっすらと二匹の仔狼を登場させています。
これはローマの建国神話に通じますね
幼子 Romulus と Remus の…
狼の乳をのんで兄と弟が都をたてたそうです
Dublin の局地のおはなしはそうやって
もっと巨きな　文明全体の話になっています
それって
著者のつよい自負を感じますね
世の底を知っていることへの…

モダニズムはこと文学にかんして
ナルシズムと紙一重のようなときがありますけれども
S氏についていえば
かなり限られたところ
彼我のともに持つもののほとんどないところで

それでも相互伝達のおこなわれる余地というか
機会を
たもつことの一環であったのではないでしょうか。

文学も文字も手紙もまとめてlettresとしてしまうような
どうにも豪胆なところがローマ以来、ヨーロッパにあって
（ふみ、といえば和語も似たようなものですが）
この、要するに書きものは
アタマから順に読むほかないものの総称で
いちど目に入ると、もう
読むまえの頭には戻れないもので
これは厄介な

分の悪い賭けごとみたいです

なにが書いてあるか
知らないまま
あなたは読みはじめて
行をひとつひとつと
超えていくたび
あなたは知らない作者に念を押されて
よみはじめる前のあなたには戻れなくなって
身動きを取れなくされますが

洋上の
愛妻家の妻あるいは
子二人かかえたシングル・マザーと
どこか似たような境遇であると思うのです。

読者は。
Stephens 氏はそれを分かってやってますね

読むことの、
順を追ってしか進めないことの
不自由と
それでしか得られない
彼我の一体感、というのでしょうか

こういうものに時々でも出会うと
あァ、いいものをみつけたなという気分になります。

本書には今日からみれば不適切な表現がありますが、作品が書かれた当時の背景を鑑みそのまま訳出しました。

ジェイムズ・スティーヴンズ

James Stephens

1880年、ダブリンに生まれる。法務書記として働きながら1905年よりアイルランド独立運動の機関紙「ユナイテッド・アイリッシュマン」に寄稿し、1909年に初詩集『反乱（Insurrections）』を刊行。1912年の長編『小人たちの黄金』（横山貞子訳、晶文社）で国内外の名声を得る。ケルト神話を素材とした『ディドラ（Deirdre）』を高く評価したジェイムズ・ジョイスと親交を結び、『フィネガンズ・ウェイク』の執筆を引き継ぐよう依頼を受ける。アイルランド独立戦争の後、1925年にロンドンに移ってからは生地ダブリンに戻ることなく、小説を書くことも止めた。晩年をBBCの放送記者として過ごす。1950年、死去。

本書『月かげ』は著者が母国アイルランドを離れるまでに書きためた作品を収めたもので、スティーブンズ最後の短編集である。

阿部大樹

あべ・だいじゅ

1990年、新潟県生まれ。2014年に新潟大学医学部を卒業後、松沢病院、川崎市立多摩病院などに勤務する。訳書にH・S・サリヴァン『精神病理学私記』（須貝秀平との共訳、第6回日本翻訳大賞受賞）、『個性という幻想』、H・S・ペリー『ヒッピーのはじまり』など。著書に『翻訳目録』、『Forget it Not』がある。

James Stephens:
ETCHED IN MOONLIGHT(1928)

月《つき》かげ

2023年3月20日　初版印刷
2023年3月30日　初版発行

著　者　ジェイムズ・スティーヴンズ
訳　者　阿部大樹
発行者　小野寺優
発行所　株式会社河出書房新社
〒151-0051 東京都渋谷区千駄ヶ谷2-32-2
電話 03-3404-1201（営業）
03-3404-8611（編集）
https://www.kawade.co.jp/
装　幀　名和田耕平デザイン事務所
（名和田耕平＋小原果穂）
装　画　中村明日美子
組　版　株式会社創都
印　刷　モリモト印刷株式会社
製　本　小泉製本株式会社

Printed in Japan
ISBN978-4-309-20876-3

すべての、白いものたちの

ハン・ガン 著　斎藤真理子 訳

おくるみ、産着、雪、骨、灰、白く笑う、米と飯……。朝鮮半島とワルシャワの街をつなぐ六十五の物語が捧げる、はかなくも偉大な命の鎮魂と恢復への祈り。アジア初のブッカー国際賞作家による奇蹟の傑作。

星の時

クラリッセ・リスペクトル 著　福嶋伸洋 訳

地方からリオのスラム街にやってきた、コーラとホットドッグが好きなタイピストは、自分が不幸であることを知らなかった——。「ブラジルのヴァージニア・ウルフ」による、ある女への大いなる祈りの物語。第八回日本翻訳大賞受賞。

血を分けた子ども

オクテイヴィア・E・バトラー 著　藤井光 訳

ヒューゴー賞、ネビュラ賞、ローカス賞の三冠に輝いた究極の男性妊娠小説である表題作から、集大成的作品まで、異星人・伝染病・生殖等をめぐる宿命と光を描いた、ブラック・フェミニズムの伝説的ＳＦ作家による唯一の作品集。